軍艦探偵

山本巧次

角川春樹事務所

目　次

海軍階級表

（将官は省略）

区分	昭和17年10月末まで 兵科	昭和17年10月末まで 機関科	昭和17年10月末まで 主計科	昭和17年11月1日以降 兵科	昭和17年11月1日以降 機関科	昭和17年11月1日以降 主計科
士官	大佐	機関大佐	主計大佐	大佐		主計大佐
	中佐	機関中佐	主計中佐	中佐		主計中佐
	少佐	機関少佐	主計少佐	少佐		主計少佐
	大尉	機関大尉	主計大尉	大尉		主計大尉
	中尉	機関中尉	主計中尉	中尉		主計中尉
	少尉	機関少尉	主計少尉	少尉		主計少尉
准士官	兵曹長	機関兵曹長	主計兵曹長	兵曹長	機関兵曹長	主計兵曹長
下士官	一等兵曹	一等機関兵曹	一等主計兵曹	上等兵曹	上等機関兵曹	上等主計兵曹
	二等兵曹	二等機関兵曹	二等主計兵曹	一等兵曹	一等機関兵曹	一等主計兵曹
	三等兵曹	三等機関兵曹	三等主計兵曹	二等兵曹	二等機関兵曹	二等主計兵曹
兵	一等水兵	一等機関兵	一等主計兵	水兵長	機関兵長	主計兵長
	二等水兵	二等機関兵	二等主計兵	上等水兵	上等機関兵	上等主計兵
	三等水兵	三等機関兵	三等主計兵	一等水兵	一等機関兵	一等主計兵
	四等水兵	四等機関兵	四等主計兵	二等水兵	二等機関兵	二等主計兵

※昭和17年10月末までの四等兵と17年11月以降の二等兵は、海兵団の新兵

登場人物紹介

池崎幸一郎（いけざきこういちろう）　帝大卒業後に短期現役士官となり、士官待遇で様々な軍艦の主計科につく。鋭い推理力で事件を解決し、「軍艦探偵」と噂されることとなる。

迫田義典（さこたよしのり）　岩風の航海長。大尉。池崎とは同年齢・同室のため、出身を越えて仲良くなる。後に海上自衛隊の二等海佐。

野々宮克実（ののみやかつみ）　瑞鶴の三等主計兵曹。探偵小説ファン。後に海上自衛隊の海曹長となり、呉地方隊の先任伍長を務める。

今井敬伸（いまいたかのぶ）　榛名の主計科下士官の三等兵曹。

山本五十六（やまもといそろく）　連合艦隊司令長官。榛名へ視察にやってくる。

菊村富雄（きくむらとみお）　最上の主計長。大尉。

赤峯三郎（あかみねさぶろう）　最上の先任衛兵伍長。一等兵曹。人情家。

向田祐三（むこうだゆうぞう）　最上の一等主計兵。後に岩風、蓬で池崎と再会する。

マチ子　吉田屋の娼婦。

粕谷健吉（かすやけんきち）　瑞鶴の一等主計兵。

山之内（やまのうち）　瑞鶴の一等機関兵。

福原修（ふくはらおさむ）　三洋丸の艦長。温厚な性格。

大戸恒夫（おおとつねお）　三洋丸の三等主計兵曹。

片倉功（かたくらいさお）　三洋丸の通信長。中尉。

久住与志朗（くすみよしろう）　駆逐隊司令。大佐。

小矢部康作（おやべこうさく）　岩風の艦長。

天野武男（あまのたけお）　岩風の主計兵曹。

篠田（しのだ）　ヌーリア守備隊長。陸軍少佐。

見城（けんじょう）　ヌーリア守備隊所属。陸軍少尉。

笹尾（ささお）　守備隊の上等兵。行方不明となる。

阿形利一（あがたとしかず）　蓬の艦長。少佐。レイテ方面からの生還者。

三沢恵蔵（みさわけいぞう）　蓬の航海長。中尉。

本書は書き下ろしです。

軍艦探偵

プロローグ　昭和二十九年六月

梅雨入りには、まだ少し間があった。水無月の空は青く澄み渡り、いくらか傾きかけた陽の光が、さざ波の立つ水面に小さな星をちりばめている。瀬戸内の海は、どこまでも穏やかだ。

「あの岬を回ったところじゃわ」

慣れた手で櫓を扱いながら、五十島という名の漁師が前方に向けて顎をしゃくった。もう七十歳に近いのだろう。赤銅色に日焼けした顔には深く皺が刻まれ、麦藁帽の下にある頭髪はすっかり白くなっているが、鍛え上げた筋骨とその動きは、微塵も年を感じさせない。

船の舳先近くに座った池崎幸一郎は、振り向いて五十島に頷いてみせた。長さ五メートルほどのこの和船は五十島の持ち船で、先ほど池崎が背後にある周防大島の漁村で頼み込み、乗せてもらったものだった。勤めている横浜の会計事務所を休み、列車と渡船で一日かけてこの地まではるばる来たのは、どうしても見ておきたいものがあったからだ。

池崎は視線を前方に戻し、周りを眺めた。正面、逆光の中に黒っぽく浮かぶのは平郡島。右手の岬の向こうに見える陸地は室津半島で、その付け根には柳井の町がある。その間の海には、漁に出ている五十島のものと同じような漁船が、二、三艘(そう)見えた。それよりひと回り大きい帆を立てた漁船が、左から右へ横切って行く。機帆船らしく、焼玉エンジンの音が響いた。漁から帰るのだろう。大畠瀬戸(おおばたけせと)の方へ向かうのか。

(ほとんど変わってない。九年前の、あの頃と)

池崎は感慨をこめてその平和な風景を見つめた。景色こそ変わらないが、九年前、池崎がこの地を離れたとき、彼の周囲には血と硝煙の匂(にお)いが満ちていた。

「聞こうと思っとったんじゃが、あんた、あの船に乗ってたんかね」

急に五十島に声をかけられた。池崎は一瞬はっとしたが、いずれ聞かれるだろうと承知していたことだ。ゆっくり振り向いて、「ええ」と応じた。

「沈んだとき、あの艦(ふね)の主計長でした」

「そうかね」

五十島はそれ以上は聞かなかった。池崎もそれ以上は話さなかった。

船はやがて岬の先端を過ぎ、右へと舳先を向けた。そこで、目指すものが見えた。

「あれじゃが」

五十島が左手を上げて指差した。長さ三十メートルくらいの平らな作業船がいる。甲板に積まれた大型の機械は、コンプレッサーだろう。甲板を歩く作業員の姿も見える。

「ああ……あれ、ですね」

池崎は手で庇を作って逆光を避けながら、目を細めた。作業船の向こうには、上甲板を辛うじて水面に出して浮いている、傷だらけの艦が見えた。その外周には、半分沈んだ大きなタンクが幾つも並んでいる。おそらく圧搾空気を入れたタンクで、その浮力で沈んでいた艦を浮き上がらせているのだ。この後、艦内に空気を入れて排水を続け、港に曳いていくのだろう。

(蓬……もう一度目にできるとは思わなかったな)

終戦の三週間前、米軍機の空襲を受けて沈没した駆逐艦、蓬が今再び、海上にその姿を現している。

「もっと近付くかね」

五十島が気遣ってかそう言ったが、池崎は首を振った。

「あまり近付いては作業の人たちに怒られるでしょう。この辺で充分です」

池崎は、肩にかけた鞄から双眼鏡を取り出すと、目に当てた。そしてまず艦首、それから艦尾へと、ゆっくり双眼鏡越しに視線を動かしていった。

九年間も海中に浸かっていた船体には、びっしり貝殻が付着していた。だが、外形はそれほど変化していない。艦橋構造物や煙突は沈没前の姿を保っており、後部マストまでちゃんと立っていた。艦橋のすぐ後ろの前部マストだけは、真ん中から先が失われていた。後甲板は大きく膨らんで歪んでおり、沈没の主な原因となった爆発の跡だとわかった。

一通りの観察を終えた池崎は、双眼鏡を下ろして大きく溜息をついた。あの艦では、二百十一名の乗組員のうち、七十八名が戦死した。今も度々、夢に出てくる。戦死した者と生き残った者、どこにその違いがあったのだろう。あの戦争を生き延びた人々の誰もが、多かれ少なかれその思いにつきまとわれる。

冷静に割り切れば、被弾した場所に居た者はやられた。そうでなかった者は、助かった。それだけのことかも知れない。だが、池崎はその範疇に入らない戦死者を、一人知っていた。結局は運命、それに収斂するのだろうか。池崎は首を傾げる。もしかして、自分たちは運命という言葉に逃げを見出しているのではあるまいか。そうでなければ、背負うものが重くなり過ぎるから。

「もっと見ているかね」

五十島の声に、池崎は我に返った。腕時計に目を落とすと、ここに着いて既に三十分が経っていた。

「ああ、すみません。あと少し」

池崎は双眼鏡を鞄にしまい、代わりに小型のカメラを取り出した。それを蓬に向け、数回シャッターを切ってから五十島に「これでもういいです」と告げた。五十島は黙って頷き、櫓を操って船の向きを変えた。

「あれが沈んだときのことは、覚えとる」

岬に向かって漕ぎ始めてから、五十島がふいに言った。

「昼過ぎじゃったかの。役場の空襲警報が鳴ったと思ったら、グラマンだか何だか、アメリカの飛行機がどっさり来よってのう。海へ突っ込むんかちゅうくらい、低いとこまで降りて来よった。慌ててみんな裏山へ逃げたんじゃが、そのうちえらい音が何べんか続いて。海軍の軍艦がこの近くに何隻も居ることは皆知っとったから、ありゃあ海軍の船がやられたんじゃ、と誰かが言うてのう。岬の向こうに真っ黒い煙が見えた」

口数の少ない漁師と思っていた五十島が、長い話を語り始めたのを聞いて、池崎は少し驚いた。五十島の顔を見たが、表情は変わらぬままで、じっと行く手を見続けている。

「敵機が引き上げてから、急いで船を出して様子を見に行ったんじゃ。岬を回ってみたら、あの船はもう沈んどって、油が浮いとった。岬の向こう側の日見の浜の連中が船を出して、水兵さんらを助け上げとった。儂らは、ほとんど何もできんかったがのう」

そう言う五十島の口調には、どこか済まなそうな響きが混じっていた。

「いや、そんな……。この大島の皆さんのおかげで、私たちは大勢、命を救われたんです。それは感謝してもしきれない、と思っています」

池崎は改めて深く頭を下げた。最初、漁港に来たときに言っておくべきだった。聞かれるまでは蓬の生存者だと明かさないでおこうと、つい言いそびれてしまったのが悔やまれた。

「もう過ぎた話じゃ」

その話は終わり、と言うように五十島はそれだけ口にした。池崎は黙ってもう一度頭を下げ、それからしばらく船は静かに進んで行った。

「ひどい戦じゃったのう」

漁港が見えて来たとき、五十島がぼそりと言った。それを聞いた池崎は、少し迷ったが、五十島の方を向き、問いかけた。

「五十島さん、ご家族は戦争で……？」

一瞬の間があってから、五十島は答えた。

「上の倅は、もう年じゃったし兵隊には取られなんだ。二人目と三人目の倅は、海軍じゃった」

それからまた少しの間があった。池崎は何も言わず待った。やがて五十島は続けた。

「二人とも、帰らんかった。一人は南方で船がやられた。一人はサイパンじゃ」

「そうでしたか」

五十島はそれ以上は話さなかった。池崎は頭を垂れた。さっき五十島が言った「何もできんかった」という言葉は、二人の息子に向けられたものだったのかも知れないと思った。

港に戻り、丁寧に礼を述べてから、断る五十島に押し付けるように何枚かの紙幣の入った封筒を渡すと、池崎は夕方のバスを摑まえて渡船場に行き、何とか日暮れには柳井の宿に入ることができた。宿に落ち着いた池崎は、夕食もそこそこに横須賀への長距離電話を申し込んだ。幸い、電話は五分と待たずに繋がった。

「はい、もしもし、迫田です」

聞き慣れた声が応じた。

「ああ、俺だ。柳井の宿に居る。しっかり見てきたよ」

「そうか。見られたか。どんな感じだった」

迫田の声には、いかにも興味津々という風情がこもっていた。

「ほぼ、そのままだな。もっと酷い状態かと思ってた。あれだけロケット弾やら爆弾やら、食らったはずなのに」

「自分が攻撃されてたんだから、実際より酷くやられた印象が強いだろうがね。実際、艦の前部は大した被害はなかったはずだ。前檣が折れたぐらいで、艦橋に居た者はお前も含めて、みんな助かってるんだろ」

「まあ、確かにな」

池崎は見えない電話の相手に対して、肩を竦めた。

「なあ、本当にあの艦は屑鉄になっちまうのか」

「ああ、もう売却の契約はできてるんだ。スクラップだよ。いま、屑鉄の価値は高いからな」

「勿体ない話だなあ。まだ使えそうなのに」

迫田の笑い声が電話線を通して響いた。

「おいおい、九年も沈んでた艦をもう一度使えってのか？」

浅い海に沈んだ艦を引き上げて再就役させた例はいくらでもある。真珠湾で沈んだアメリカの戦艦など、その代表例だ。だが迫田の言う通り、九年も経っていればやはり難しいかも知れない。

「使うかどうかはともかく、引き上げた艦内には入れないものかねえ」

「艦に入る？　入ってどうするんだ」

「いや、ちょっと確かめたいことがあって……」

「空家に入るのとはわけが違うぞ。遺骨を拾うことはするが、それ以上はなあ。あれはもう、屑鉄業者のものなんだし」

「警備隊の幹部の力をもってしても駄目かね」

また笑い声が聞こえた。今度は苦笑のようだ。

「帝国海軍ならいざ知らず、ほとんど日陰者の警備隊にそんな力があるもんか。来月から海上自衛隊って名前に変わるが、中身は何も変わらん」

「そうか……残念だな」

「まあ、後の話はこっちへ戻って、飲みながらゆっくり聞こうじゃないか。電話代が大変だろう」

迫田のその言葉を潮に、池崎は、じゃあまた、と言って電話を切った。

部屋に戻った池崎は、仲居を呼んで冷やでいいからと酒を頼んだ。どうにも飲みたい気分だった。引き上げられたあの艦の姿は、当分目に焼き付いて離れないだろう、と思った。蓬の甲板上の砲や機銃はほぼ全て、元通りの形で残っており、仰角がかけられたままだった。対空戦闘を行っているその姿のまま、九年もとどめられていたのだ。池崎にはその様子が、「俺はまだやれるんだ」と艦や砲たちが叫んでいるようにも見えた。

仲居が酒を運んで来た。池崎は礼を言って受け取り、徳利から盃ではなくコップに注いで、ぐいっと飲んだ。艦自体のことだけではない。池崎には、あの艦に大きな心残りがあった。迫田を始め、他人にはどうでもいいことに思えるかも知れないが、池崎にとってはそうではなかった。

池崎は手を伸ばし、窓の障子を開けた。二階にある部屋の窓からは、隣の屋根と月明かりの夜空が見えるだけだ。その方角のずっと先には、引き上げられた蓬が浮かんでいるはずだった。

池崎はもう一杯、冷や酒を呷った。何とかして、確かめたい。それまでは、自分の中であの戦争を終わらせることはできないのだ。

第一話

多過ぎた木箱

――戦艦榛名――

（せんかん はるな）

級名
金剛型戦艦
竣工
1915年4月19日
最期
1945年7月28日、空襲により大破着底
排水量
32,156トン
全長
222.05m
最大幅
31.02m
出力
136,000馬力
速力
30.5ノット
乗員
1,315名

針尾島（はりおじま）は佐世保（させぼ）湾の南東側に位置し、古代から人が住み今も二か村を擁する大きな島である。島と言っても、九州本土との間は小さな川ほどの幅の早岐瀬戸（はいきせと）で隔てられるだけで、橋で渡れば陸続きのようなものだ。明治以後、佐世保が軍港として発展すると、この島にも海軍の施設が多数建設され、静かな漁村は次第に鉄とコンクリートの群れへと姿を変えていった。そして今、昭和十五年夏の針尾島は、帝国海軍の重要拠点として、さらに発展を続けている。

まだ新しい海軍中尉の一種軍装に身を包んだ池崎幸一郎は、そんな風景をしばし眺めた後、振り返って背後の艦橋構造物を見上げた。数度に亘（わた）る改装を経て、鋼鉄の積み木のようになった金剛（こんごう）級戦艦、榛名（はるな）の艦橋は、湾全体を睥睨（へいげい）するようにそびえ立っている。男の

子なら誰でも一度は憧れる戦艦の乗組員としていまここに居ることは、池崎にとっても誇りであった。戦艦に乗る、と告げたとき両親、親戚の顔に浮かんだ賞賛は、今もはっきりと心に刻まれている。

そこで池崎は、本来の仕事に目を戻した。彼の眼の下には舷梯があり、今しも事業服（作業服の海軍用語）姿の兵たちが、運送船から米、塩、醬油、野菜などの入った樽や木箱を運び込んでいるところであった。入港中に行われる、食糧搭載である。その様子は、例えは悪いが、巣に餌を運び込むアリの行列さながらであった。

池崎はアリの行列をじっと見つめる。食糧搭載は艦内の食糧、軍需品を管理する主計科の仕事であり、主計中尉である池崎は、その監督をしているといった風情である。が、実際の監督は下士官や古参兵がやっているので、池崎のしているのは見学に近い。生粋の海軍士官とは違い、帝大の経済学部を卒業して短期現役士官となった池崎にとっては、まだ艦隊勤務の何もかもが目新しく、学習の対象なのだった。

短期現役士官というのは、大学や高等専門学校の法学・経済学部卒業生の中から志望者を募り、海軍経理学校での教育期間終了後に、海軍主計士官として任官させるというものである。士官の不足を補うために昭和十三年から始まった制度で、服務は二年間とされていたから、正式には「二年現役士官」という。

志望者は非常に多く、かなりの狭き門であったが、池崎は何とか通過することができた。大学に入ったときには会計士を目指そうかと漠然と考えていたのだが、大学生活を送るうちに、世は若者に気楽な人生を送らせる余裕をなくしてしまっていた。ならばやはり、お国のために活躍できる道を求めようと切り替えた池崎だったが、さすがに一兵卒として応召するのは面白くなかった。そこで海軍主計士官への道を選んだのだが、多数の志望者には同様の考えの者が、結構多かったようだ。

それに、と池崎は思う。大きな声では言えないが、陸軍であれば大陸に派遣され、実際の戦闘に参加することも充分あり得るのに対し、海軍ならば、当面の敵である中国にまともな海軍がないため、米英との戦争が現実のものとならない限りは、撃ち合いを経験することにはなるまい、という勘定もあったのだ。池崎には直接戦闘に関(かか)わりたくない理由もあるのだが、それは学生仲間を含め、誰にも言っていない。

運送船に積まれている荷物もだいぶ減り、食糧搭載作業は終盤を迎えていた。古参兵たちは要領よく、持ちやすそうなものから片付けているが、半分子供みたいな顔つきの、配属後まだ間もない新三等兵たちは、見るからに重そうな木箱を抱えてだいぶへたばっている様子だ。無論、新米であっても士官である池崎はそんな作業をする必要はない。そのあたり、池崎も人の子であるから、ついつい士官で良かったと思ってしまう。もっとも、海軍経理学校でのしごきは、頑強とは言い難い池崎にとって半端なものではなかったが。

(築地での四カ月は、一生忘れんだろうな)

新兵たちを見ながら、経理学校のことを考える。水泳ぐらいはともかく、まともにボートを漕いだのもそれが初めてで、軍事教練と経理実務教習でみっちり鍛え上げられた。とんでもなくきつい体験だったが、そこではぐくまれた同期の友情と共に、池崎の心と体に深く刻み込まれていた。

池崎はふと、木箱を持って舷梯を上がっている二人の兵に目を留めた。二等兵と三等兵の組み合わせ。三等兵は入りたての新三等兵ではなく、一期上のいわゆる旧三だ。別におかしな組み合わせというわけでもなく、変わった荷物を運んでいるわけでもない。だが、他の荷を運んでいる連中と、微妙に何かが違う。そんな違和感があった。だが、何かと言っても具体的にどう、と言い表せはしないのだが……。

池崎は目を瞬き、頭を振った。考え過ぎだ。まだまだ新米の自分に、そんな微妙な違いがわかるわけがない。単に気のせいだろう。池崎は舷梯から目を離し、周囲を見た。一瞬、舷門で荷運びの順番を待っていた三等兵と目が合った。三等兵は士官と目が合ってしまったことに戸惑ったようで、慌てて姿勢を正した。池崎は済まないような気になって、軽く頷くと視線を再び舷梯に戻した。気になった二人組は、既に艦内に消えていた。

間もなく荷は尽き、さっき目が合った三等兵が最後の四斗樽を担いで舷梯を上がった。

池崎は運送船が離れるのを確認すると、その場を離れた。

翌日の、昼である。池崎は机に向かい、算盤を脇に置いて帳簿仕事にいそしんでいた。

艦隊勤務と言えば、華々しい戦闘場面を思い浮かべる人が多いだろうが、大砲や魚雷をぶっ放すことを生業とする軍艦にも、裏方の仕事は当然ある。砲弾や燃料の供給はもちろん、榛名ぐらいの艦なら戦時には二千人にもなる乗組員の、衣食住の面倒も見なくてはならない。給料も払わねばならない。備消品も揃えねばならない。そうしたことの全てを担うのが、主計科であった。今、池崎のやっていることは、娑婆の会社で言うなら総務や経理の仕事なのである。

搭載した食糧、衣類、備品の管理は、軍艦においても当然厳重に行われ、出入りは全て記帳されている。ここでは、紙とペンと算盤が重要な武器となるのだった。ただし、そうした業務を行うのは経理学校などで専門に教育を受けた者たちで、召集されて海軍に入り、主計兵となった連中がやるのは、専ら烹炊作業、つまり飯炊き、調理である。昨日、総出で食糧搭載を行っていたのは、彼らであった。全乗組員の三度の食事を用意するのは相当な重労働で、主計科配属と聞いて楽な事務仕事と勘違いし、実態を知って愕然とする新兵も居るようだ。

ついでに言えば、主計兵は水兵ではない。水兵とは、砲員や見張り員や通信員などを務める兵で、主計兵や機関兵とは兵種が違うのだ。上陸して街を歩けば、海軍の兵は皆、ジョンベラ（セーラー服）姿だから、娑婆の人々は兵種の区別があるとは知らず、皆水兵だと思っている。池崎も、海軍に入るまではそう思っていた。やはり外からは、なかなか窺い知れない世界なのである。

記帳作業を一段落させた池崎は、主計倉庫に向かった。倉庫に重要な用件があったかというと、そうでもない。一応言ってみれば点検、であるが、艦内の道順に慣れるための出歩き、というのが本音である。瀬戸内海の巡航船程度ならばともかく、三万トン級の戦艦ともなると、艦内は相当複雑である。倉庫だけでも、食糧庫など主計科管轄のもの以外に、運用科や機関科、各種兵科の管轄のものが幾つもあった。どこに何があって、最短の道順はどうなるのか、中尉の階級章は付けていても素人同然の池崎としては、出来る限り自分の目から頭に叩き込んでおきたかった。

主計倉庫までは、思った通りの所要時間で着いた。方角音痴とまでは言わないが、普通の街中でも度々道に迷う池崎としては、まず上等だった。が、倉庫の扉を見て、おや、と首を傾げた。扉は半開きになっている。烹炊所から足りなくなった食材でも取りに来ているのかと思って中を覗いてみた。

中に立っていたのは、主計科下士官の今井敬伸三等兵曹だった。無論、下士官が足りない食材を取りに来る、などということはない。そんなのは、三等兵の仕事だ。今井は手にした書類と庫内に積まれた樽や木箱に交互に目をやりながら、しきりに首を捻(ひね)っている。その様子から察するに、書面と実際に積み込まれている物資との間に、何らかの食い違いがあったようだ。だとすると、知らんふりをするわけにもいくまい。

「今井兵曹、どうかしたか」

書類に集中していた今井は、ぎょっとして振り返り、池崎の姿を認めるとすぐに姿勢を正した。

「失礼しました、分隊士」

分隊所属の士官を指すブンタイシ、という呼ばれ方もようやく板についてきたな、と答礼しながら池崎は胸の内で呟(つぶや)いた。

「それで？」

池崎が促すと、今井はちょっと困った顔をした。だが、士官から問われれば答えるしかない。

「はっ、野菜の木箱が一つ、消えていまして……」

「野菜が一箱？　そりゃあまずいな」

池崎は少しばかり驚いて言った。主計科が管理する食料は、しばしば他の乗組員たちから狙(ねら)われる。自分たちの夜食や栄養補給に勝手に失敬していくわけだ。こういうちょっとした泥棒を海軍では「銀蠅(ぎんばえ)」と言うが、米や味噌(みそ)に比べて野菜は摑(つか)み取りしやすいので、よく標的にされた。食糧搭載のときは主計科以外の兵にも応援を頼むのだが、野菜などは危険なので、必ず主計兵だけで運搬しているぐらいである。しかしさすがに、箱ごと銀蠅というのはまだ聞いたことがない。

「食糧が帳簿より一箱も少ないとなると……」

「あー、いえその、分隊士、帳簿上は合っているのです」

「合っている？　一箱なくなったのに？　どういうことだ」

意味がわからず、池崎は困惑して今井の答えを待った。今井は言葉を選んでいるようだったが、やがて仕方なさそうに言った。

「実は、昨日搭載が終わったとき確認すると、小松菜の木箱が帳簿より一つ多かったんです。それが今は、多かった分が消えまして、きちんと帳簿通りに」

「多かったのが、元に戻ったというのか」

「はっ、つまりそういうことに」

「ふうん」池崎は、苦笑しながらさっきの今井と同様に首を捻った。

航海に出るとき、食料は多いに越したことはない。今井は帳簿より木箱が多いと知りながら、これ幸いと考えて目をつぶったのに違いない。それで少々言い難そうにしていたのだ。厳重な管理、と建前で言うものの、実際の現場の運用にはいろいろある。

「多い方が得とは言え、帳簿と合っていないのを見過ごしたのは良くないが」

「申し訳ありません」

「それよりも、消えたという方が問題だな。扉の鍵は間違いなくかかっていたんだろう?」

「はい、今は私が開けました」

池崎は軽く頷いた。普段、鍵は倉庫係の児玉康生一等主計兵が管理している。当然のことながら、児玉が一枚噛んでいれば木箱を持ち出すことは可能だ。

「児玉に確かめてみます」

池崎の考えていることを察してか、今井が言った。池崎はそれには返事しなかった。倉庫係が他の科の下士官兵に義理があって銀蠅の手助けをする、ということもなくはない。

だが、木箱丸ごとという目立ち過ぎるやり方は、どうも解せない。

「その前に、そもそも何で小松菜なんだ。玉ねぎでも大根でもなく。消えた箱の中身は、本当に小松菜に間違いないのか」

そう聞かれると、今井の歯切れは悪くなった。

「いえ、中身を見たわけではありません。ですが箱には、小松菜と書いた標章が貼ってありました」

「では、中身が本当に小松菜だったのか、確かめたわけではないんだな」

「はい、そうです」

そう答えた今井の顔が、だんだん引きつり始めた。もし問題の箱に小松菜以外のものが入っていたら、それが破壊工作に使う爆薬か何かの偽装だったとしたら、などという最悪の想定に思い至ったのだろう。池崎自身は、そこまで深刻なこととは思っていなかったが、簡単に見逃せない事情もあった。

「明日の長官視察を控えて、このような変事はまずい。放ってはおけんな」

池崎は真顔で言った。榛名は明日、山本五十六連合艦隊司令長官の視察を受けることになっていた。そこを狙っての破壊工作、などというのは、考えるだけで寒気がした。艦内の保安を預かる先任衛兵伍長などが聞きつけたら、血圧が跳ね上がって大騒ぎになる。

「ど、どうしましょう分隊士。主計長に……」

「いや慌てるな。もっと状況をよく調べてからだ」

池崎は焦り始めた今井を制した。根拠の薄い疑いで大騒ぎして、連合艦隊司令部に話が届いてしまった揚句に何事もなければ、それこそ立場がない。

「あの、調べると言われますと」

「そうだな……」

言ってみたものの、池崎にもはっきりした見通しがあるわけではない。池崎にも今井にも本来の仕事があるし、主計長に報告しないで調べを行うなら、あまり目立つ動き方もできない。とりあえずできそうなことと言えば、何だろうか。

「今井兵曹、食料搭載のとき、その木箱を運んだのは誰だかわかるか」

「あ、わかります。田渕二等兵と矢川三等兵です」

「ほう。ちゃんと見てたのか」

期待はせずに聞いたのだが、意外にも今井は覚えていた。

「はい、ちょっと気になったもので、呼び止めてそれは何か、と聞いたんです」

「気になった？　やっぱり何か不審だったのか」

「いえ、不審というわけでもありませんが……」

また今井の答えの歯切れが悪くなった。

「野菜は中身が見える木箱に入っているのが普通なので」

なるほど。話が見えてきた。野菜は大抵、通気性のある木箱に入っている。玉ねぎなどは、すのこを八角形に組んだような箱なので、隙間から手を入れて何個か抜くことも簡単なのだ。中身が見えない密閉された箱に菜っ葉が入っているのは、ないこともないが珍しい。今井はそれに気付いた時点で、きちんと確かめておけば良かったと後悔しているのだろう。

「そうか。呼び止めたものの、小松菜と書いた標章が貼ってあるのでそのまま通したんだな」

「申し訳ありません」

「いや、いい。それなら、田渕と矢川を呼んで確認してみよう。そうだな……昼飯のあと、一三三〇にここに来させろ」

腕時計を見ながら命じると、今井が驚いた顔をした。

「は？　この倉庫に？　分隊士が直に話を聞かれるんですか」

そういうことは下士官の仕事だと言いたいのだろうが、ここまで聞いた以上、任せっぱなしにはできまい、と池崎は思っていた。まあ、個人的興味、ということも否定はできないが。

「そうだ。お前も立ち会え。俺はこれから帳簿仕事に戻る」

「はっ」

士官がそう言う以上、下士官に否やはない。今井は敬礼すると、倉庫の扉を閉めた。

倉庫は尋問などするのにふさわしい場所とは到底思えないが、戦艦と言えど好きに使える個室が幾つもあるわけではない。ならば箱が消えた現場が最も適当だろう。そう池崎は考えていた。

その倉庫に呼び出された田渕晋平二等主計兵と矢川善太三等主計兵は、一三三〇ちょうどに入ってくるなり背筋をピンと伸ばし、池崎と今井に敬礼した。その顔は明らかに強張り、青ざめているように見える。士官と下士官に異例の呼び出しを受けたのだから当然とも言えるが、それだけではなさそうな気がした。

池崎は二人の顔を見て、おや、と思った。まだ主計科全員の顔と名前が一致していないのだが、その二人は昨日の食糧搭載の折、池崎が違和感を覚えた二人組だった。

「よし。お前たちは昨日、食糧搭載のときに小松菜の木箱をここに運び込んだな。俺が呼び止めたのを覚えてるだろう。お前たちが運んだ小松菜は、あれ一箱だけか」

「はっ、私たちが運んだ小松菜は、あれだけです」

今井の質問に、上級者である田渕の方が、背を反らせて答えた。

「その小松菜の箱は、今ここにあるか」

その言葉に、矢川が明らかな動揺を見せた。が、そこで田渕が大きな声で言った。

「いえ、ありません。ここに運んで玉ねぎの横に置きましたが、今は見当たりませんッ」

「何ィ、見当たらんだと」

今井が目を怒らせ、一歩踏み出した。

「では、その箱はどうなった。お前ら、どこかへ持ち出したんか。それとも、煙のように消えた、ちゅうんか、あァン？」

凄(すご)むように詰め寄ると、矢川が震え出した。田渕は真っ赤な顔になった。

「わかりませんッ」

知りません、や、わかりません、という答えは下っ端の兵があまり上級者に対してするものではないが、この場合は仕方あるまい。

「箱を持ったときの感じはどうだったのか」

池崎が急に口を挟んだ。田渕はぎょっとして池崎の顔を見た。

「持った感じはどうだったのか。確かに小松菜が入っている感触だったのか、それとも何か別のものだったか、と聞いている」

池崎が繰り返すと、田渕の目が見開かれた。そして慌てて言った。

「それは、小松菜の感触であったと思います」

「本当か？　標章を見て小松菜だと思っただけではないのか」

「わ、私は小松菜だと思いました」

田渕も答えを繰り返した。他に言いようがないのだろう。池崎は「そうか」と応じると、一歩引いて二人の兵を上から下までじろじろと眺めた。二人は、必死で落ち着こうとしているように、背中を反らしたまま身じろぎもしなかった。

今井が問いかけるような視線を向けてきた。次に何を聞けばいいのか、思い付かないのだろう。池崎は頷き、もういい、と目で合図した。今井は了解し、改めて二人の兵に向き直ると、「行ってよし」と告げた。田渕も矢川も、はっきりわかるほど安堵(あんど)した表情になり、大急ぎで敬礼すると倉庫から飛び出していった。

「これだけでよろしいんですか」

二人が出て行ってから、今井が聞いた。顔を見ると、どうも中途半端だと感じているようだ。普段なら二人に二、三発ずつは食らわしてやるところだったのだろうが、池崎の手前、遠慮したらしい。

「まあ、あれ以上聞いても同じ答えしか返ってくるまい」

池崎は倉庫の中を改めて見回した。整然と積まれた木箱や樽に、特段の異状は認められない。今井の方はと言うと、尋問を終えたなら次は何をするのか、次の行動が未定ならさっさと仕事に戻りたい、と口にしそうな様子だ。

「なあ今井兵曹、消えた木箱というのは、ここにある他の木箱と同じような大きさか」

「は？　はい、そうです」

「縦横一メートルくらいあるよな。そんなもの、ここから運び出したら相当目立つだろう」

「それは確かにそうですが」

今井は池崎が何を言いたいのかと、怪訝な顔になった。

「それじゃ、中身のことはちょっと置いておいて、箱はどうしたと思う」

「それは……」

言いかけて今井は、気付いたようだ。眉が上がった。

「用済みになった木箱は解体して板切れにします。問題の木箱もバラしたのではないかと」

「で、普通、木箱を解体してできた板はどこに置く」

「隣の用具倉庫です。鍵は持っています」

言いながら、今井は隣の倉庫の扉に駆け寄った。

大急ぎで扉を開けた今井に続き、池崎も用具倉庫に入った。用具や雑品はきちんと整頓されているが、奥に一纏めになった板切れが、やや場違いな感じで置かれている。確かにバラした木箱の用材らしい。そういう板切れは応急材として置いておくのだが、食糧搭載は終わったばかりなので、まだ解体した木箱はないはずだった。

今井は板切れの束に歩み寄り、何枚か持ち上げてみた。ふいにその手が止まった。

「分隊士」

呼ばれた池崎は、しゃがんで今井の指す板を覗き込んだ。「小松菜」と書かれた半分に切れた標章が、板に貼り付いていた。

「やっぱりな」

池崎はいくらか満足して頷いた。

「いったい何が入ってたんでしょうか」

「少なくとも、小松菜じゃなさそうだ」

立ち上がった池崎は、改めて今井に問うた。

「あの二人について、何か気付いたことはないか。特に、事業服について」

「事業服ですか？　かなりどす黒くなっていましたが、それは珍しいことではありませんし」

　今井はまた困惑顔になった。

「さっき二人のをよく見てみたんだが、肩口に木くずがいくらか付いてた」

「ああ、昨日、何度も木箱や樽を持ったとき付いたものでしょう。肩口は自分の目で見にくいですから、払い落す時に気付かなかったのでは」

「箱を持ち運ぶときに肩口にも付くかな」

「あー、それは……付かないこともないと思いますが」

　言いながら今井は懸命に頭を働かせているようだ。木箱を普通に持ち運べば、腕や腹、腿（もも）あたりに比べると、肩口が木箱に擦（こす）れることは少ないだろう。無論それだけで何かの証拠になる、などとは到底言えないが。

「分隊士がおっしゃりたいのは、木箱を解体したのは田渕と矢川だということですか。肩口の木くずは、解体した箱を片付けるときに板を担いだり、そういうことで付いたと」

　今井は池崎の考えを察して、それを言葉にした。池崎は黙って頷いた。と、今井が何か思い出したようで、小さく「あ」という声を漏らした。

「それで思い出しました。あの二人、四、五日前に烹炊所へ醤油樽を運ぼうとして、梯子（ラッタル）を上りかけたとき転落したんです。幸い怪我（けが）はほとんどなかったんですが、醤油を撒（ま）き散らしたんで、事業服がかなり酷いことになってました」

おそらく醬油が足りなくなり、艦底近くの醬油庫から急いで持って来い、となったのだろう。滑車もあるが、急なときは兵が持って上がる。だが片手に醬油樽をぶら提げながらラッタルを上るので、かなり危ない。艦が動揺したときラッタルを摑み損ねると、大変なことになる。醬油まみれになった程度で済んだのは、ラッタルを上がりかけてすぐだったからだろう。不幸中の幸いと言うべきか。

まあ、本件には何の関係もないかも知れませんが、と今井は付け足した。池崎は首を捻った。確かに醬油と木箱に繫がりはなさそうだが、同じ二人組だったのは気にかかる。

「醬油まみれになったら、オスタップで洗ったくらいじゃ染みは落ちないよな」

オスタップとは、艦内用のバケツのようなもので、英語の「ウォッシュタブ」、つまり洗浄バケツがなまった言い方らしい。亜鉛製で、見た目と大きさは、バケツより洗面器に近い。兵はこれ一杯の水で洗濯をしなければならない。ふんだんに洗剤を使えるわけではないし、洗剤が残るような洗い方をすれば制裁を食らうので、綺麗にするのはなかなか難しいのだ。戦艦には洗濯機室があるが、これは准士官以上でないと利用できない。

「それはそうですが」

今井は、事業服の染みなど別段珍しい話ではないのに、何なんだ、と思っているようだが口には出さない。

「ふうん」池崎はしばし考え込んだ。確かに事業服と木箱を結び付ける理由はないが……。

「おい、田渕と矢川の上陸はいつだった」

「は？　あー、はい、一昨日です」

「二人とも、出身は地元か」

「ええと……はい、矢川はこの近くの出のはずです。佐世保の市内に親戚も居るとか言っていました」

「矢川の実家とその親戚とやらは何をしてるか、知ってるか」

「はい、実家は農家のようです。親戚は何か商売をしていると聞いたように思いますが」

次々に話が飛ぶので、今井は当惑気味である。池崎はそれに構わず、またじっと考えた。

それから一分近く経って、今井に苛立ちの気配が現れた頃、やにわに池崎は言った。

「おい、田渕と矢川の被服点検をする。下士官室をちょっと使わせてくれ」

「は？　被服点検ですか？　はァ、承知しました」

てっきり田渕と矢川を呼びつけて締め上げると思っていたのに、被服点検とはかなり意外だったようだ。今井はますます困惑の態だったが、すぐ命令に従って走り出した。

被服点検は支給された被服が定数通りか、きちんと手入れされているかを確認するもので、班長らが時々実施する。兵の被服は衣嚢と呼ばれるカンバス製の袋に収納して、普段は兵員室の棚に収容してあるのだが、点検の際にはこれを店開きし、然るべき順番で中身を並べ、検査を受けるのである。通常は一斉点検であり、二人だけ、しかも下士官室へ呼び出しての点検など、全くの異例だった。

案の定、衣嚢を担いで現れた田渕と矢川は、蒼白になっていた。今井はじろりと二人を一睨みしてから、池崎の方を向いた。

「始めろ」

今井は池崎の命を受け、「被服点検を行う。始めッ」と怒鳴った。田渕と矢川は、心中どう思っているか知らないが、号令に反応して機械的に手を動かし、定められた通りに被服を並べていった。

「ほう、なるほどな」

池崎は並べられた一種軍装から褌までをさっと見渡し、事業服に目を留めた。同じものを、今井も少し驚いた顔で見つめた。

事業服は最初は白いが、勤務していれば当然、様々な染みが付いて変色してくる。洗い続けても白には戻らないので、半年ほどで交換支給されるのだが、交換時期にはまだ間があるにもかかわらず、池崎が見ているものは、うっすらと黄色っぽい染みが残っているものの、それ以外はついさっき支給されたばかりのように真っ白で、折り目も狂いなく真っ直ぐ付けられていた。

「おい、この事業服は何だ！　言ってみろ」

今井の怒声が響いた。服が綺麗で怒られるなどというのは理に反しているが、これはあまりにも綺麗過ぎた。

「はっ、そ、それは……」

口籠る田渕と矢川に、今井のビンタが飛んだ。

「オスタップで洗ってこんなに綺麗になるはずがない。そんなことは誰でもわかる。もう一度聞く。この作業服はどこから持って来たのかッ」

二人の主計兵は、直立不動の姿勢を保ったまま小刻みに震えていた。

「お前らぁ……」

「町の洗濯屋に出した、そうだな？」

さらに拳骨を飛ばそうとする今井を遮って、池崎が言った。田渕と矢川の目が大きく見開かれた。

「お前たちは上陸のときに醤油で汚れた作業服を持ち出した。水兵服の下にでも着込んでいったんだろう。それを町の洗濯屋で洗ってもらい、食料の木箱に紛れ込ませて自分たちで積み込んだ。それから艦内の倉庫で木箱をバラし、綺麗になった作業服を回収したんだな」

今井が振り向いた。その顔に驚いたような表情が浮かんでいる。どうやら得心がいったようだ。同時に池崎は、食糧搭載のとき田渕と矢川に感じた違和感の正体に、ようやく思い至っていた。二人の動きは、食料を運ぶにしては慎重過ぎたのだ。何かを隠しでもしているかのように。あれがまさしく、問題の木箱を運び入れているところだったのだろう。

「矢川、洗濯屋はお前の親戚か」

矢川は観念した様子で一度目をつぶり、「その通りです」と声を絞り出した。

「いったい何でこんな勝手なことをしたのかッ！　しかも食料に偽装するとは何事か！」

今井がさらに詰め寄る。田渕が半ば震え声で白状した。

「は、はい。油汚れと醤油の染みで、予備も含めて作業服が駄目になってしまいまして……。長官視察の際は、綺麗な作業服でなくてはならないと……」

やはりな、と池崎は頷いた。長官は艦内も一通り回る予定になっている。連合艦隊司令長官の前で、真っ黒な、或いは醤油まみれの作業服を着て整列するわけにはいかない、と考えたのだろう。それは正しいが、手段が無茶過ぎた。

「さすがに醤油染みは、洗濯屋でも完全には取れなかったようだな。それでも、これだけ綺麗にしてしまったら、実際に着たとき逆に目立ってしょうがないだろう。それぐらい、わからんか」

今井が呆れたように言うと、一瞬、二人の兵は目を合わせた。が、すぐにうなだれた。

「よし、被服をしまえ。衣嚢を片付けたら作業に戻れ。後のことは、追って指示する」

今井が、えぇっという目で池崎の方を見つめた。これだけで済ますつもりなのか、後はどうするのかと問いたげだ。池崎は構わず、淡々と被服を片付ける田渕と矢川の様子を眺めていた。

「お前たちに言っておく。今、ここで我々に話したことは、一切他言してはならん。何の用で呼ばれたのかと聞かれても、口を閉じていろ。わかったか」

衣嚢に被服をしまい終わった二人に、池崎は強い口調で駄目を押すように言った。二人は弾かれたように背筋を伸ばして敬礼すると、衣嚢を担いでそそくさと退散した。

「このまま済ませてよろしいんですか」

忌々しげに二人を見送った後、今井が聞いてきた。眉間に皺を寄せている。

「今は課業優先だ。長官視察の準備もあるだろう」

「はあ……確かに」

視察に備えて、今朝も日課手入れ、いわゆる甲板掃除は常より丁寧に行われていた。通常業務も普段より目が厳しくなっているはずで、兵を二人も長時間抜いておくわけにはいかない。それは今井も承知しているが、どうにも尻切れトンボで不満なようだった。

「まあ慌てるな。これはまだ、全体の入り口だよ」

「は？　入り口ですか」

「ああ。考えてもみろ。事業服上下二着分で、あんな大きさの木箱なんか使う必要があるかい？」

池崎は口元でニヤリと笑った。今井は目を瞬いた。


その日の夕食後である。主計科兵員室に突然、今井兵曹の大声が響いた。

「今から被服点検を行う！　衣嚢を出せッ」

急に現れた下士官を見て姿勢を正し、直立していた主計兵たちが、慌てて衣嚢棚に走った。さながら、巣に突進するミツバチだ。今井の後ろに立った池崎は、急げ急げと走り回る兵たちの様子を観察していた。既に成果は出ている。「被服点検」の一言を聞いた途端、ああ、来たか、とばかりに顔をしかめた兵が、一人ならず居たのである。昼に田渕と矢川が呼び出されたことは何人かが気付いており、用向きを察してある程度覚悟していたのだろう。証拠隠滅の時間はなかったはずだ。

「ようし、何だこれは。そっちのも。お、そっちもだな。どういうことかッ」

後ろで手を組んだ今井が、胸を反らせて鼻息荒く怒鳴った。何人かの兵が震え上がった。頃合いだなと思って、池崎は前に進み出た。テーブルに広げられた被服には、田渕や矢川と同様の、新品と見紛う白い事業服が、何点か混じっていた。

「町の洗濯屋に洗濯を頼んだ者は、申告しろ。隠しても、事業服の状態を見れば一目瞭然だ。誰に頼んだかもわかっている」

「該当する者は前に出ろッ」

一列に並んだ主計兵に向かって今井が怒鳴ると、観念した兵たちが次々と一歩を踏み出した。部屋全体に溜息が溢れたような気がした。

こうなってしまえば、申告が遅れた兵には制裁がより厳しくなる。二、三秒のうちに、洗濯を頼んだ全員が前に出て頭を垂れた。数えてみると、十九名であった。

「田渕と矢川の企みに気付いて、最初に便乗しようとしたのは誰か」

「わ……私です」

名乗り出たのは、平島という一等主計兵だった。池崎は平島の前に立った。

「そうか。それで、どうやって企みを知った」

「は、田渕と矢川が陰でこっそり、醤油まみれになった事業服をどうするか、相談しているのを漏れ聞きまして」

「漏れ聞きというか、盗み聞きだな。それで洗濯屋のことを知ったのか」

「はい。長官視察に油まみれや醤油まみれの作業服で臨むわけにいかないが、普通に洗ったぐらいではとても無理なので、矢川の親戚が佐世保で洗濯屋をやっているから、上陸のときに洗ってもらおうという話でしたので……」

「どうやって洗った服を持ち帰るかも聞いたのか」

「それは、矢川に尋ねて直接聞きました」

なるほど。だいたいの様子が見えて来た。平島は田渕と矢川の話を聞き、自分もこの機会に汚れ過ぎた事業服を洗濯屋で洗い、長官視察のときにはピシッとした真っ白の作業服で臨もうと考えたのだ。長官を迎える登舷礼で整列する際、あまりにも汚れた格好ではいかにもまずい。他の者より綺麗な服を、とは誰しも考えることだ。矢川たちは、ベテランの一等兵に話を聞かれ、自分も混ぜろと言われれば、断りようがない。おとなしく企みの全てを話したに違いない。

「で、他の連中はお前が誘ったのか」

「あ、いえ、誘ったのも居りますが、半ばは人づてに聞いて加わってきたもので……」

池崎が他の者たちに目を向けると、誰もが落ち着かない表情になった。自分から、俺たちも入れろとねじ込んだ連中も結構居るようだ。その中には、倉庫係の児玉一等兵の顔も見える。彼が仲間なら、倉庫に運び込んだ木箱から事業服を回収するのは簡単だ。

「上陸のときは水兵服(ジョンベラ)の下に汚れ物を着て、洗濯屋で待ち合わせたのか」

「はい。洗濯屋の店先では集まると目立つので、矢川の親戚の家で汚れた服を集めました」

「しかし、全員が一昨日の上陸ではないだろう」

全員が上陸しては艦が空になるので、無論交代制である。この人数がたまたま同じ日に上陸していたとは思えない。

「はい、昨日上陸の連中の汚れ物は、我々が預かって一昨日、持ち出しました。痩せた者が二枚、汚れ物を重ね着したんです」

「ははあ。それで、昨日上陸した連中が洗った洗濯物を受け取って、用意した木箱に詰めたというわけか」

なかなか良くできた計画だった。矢川の親戚がたまたま佐世保で洗濯屋をやっていたからこそ、思い付けた話であるだろう。

だが、と池崎は思う。洗濯屋と主計兵だけではまだ足りない。

「おい、一つ言うのを忘れているぞ。運送船の方だ。どうやって抱き込んだ」

平島がぎくりとしたのが見てわかった。洗濯物をうまく木箱で偽装しても、員数外の箱を運送船に積んでもらえなければ意味がない。

「運送船の連中に伝手があったのか」

「は、それはその……機関科の者が、同期が居ると……」

「何、機関科もつるんでいたのか」

下士官兵は業務分野によって主計科、機関科、軍楽科など幾つかの科に分かれていて、同じ艦内でも科が違うと付き合いはあまりないが、機関科と主計科には繋がりがある。烹炊所で使う水は、ポンプで機関科が供給するのである。できるだけ早く多く水を出してもらうため、主計科からは菓子や食糧が回されるという、持ちつ持たれつの関係だ。それゆえ、平島らが機関兵に洗濯屋の話に乗らないか、と誘いをかけても不思議ではない。

「何人だ」

「……六名です」

やれやれ、機関兵と合わせて二十五人か。運送船の兵も居るので、相当大掛かりな仕事になっていたのだ。

「今井兵曹、ちょっと」

池崎は兵たちをそのままにして、今井を部屋の外に呼んだ。

「さて、この騒動をどう収めるかだが」

「はい、分隊士」

池崎の言葉で、緊張気味だった今井の頬（ほお）が少し緩んだ。「どう収めるか」と言ったことで、上官に報告して然（しか）るべき懲罰を、という正規の手続きを踏む気はないことを察したようだ。

「長官視察を控えて、艦内規律の問題をあからさまにしたいなど、上の方は誰も思わんだろう。主計長には報告しないことにする。とは言っても、何もなしでは示しがつかん」

「それはつまり、私たちに一任いただけるということでしょうか」

「ああ。そういうことだ。後は任せる」

「承知しました」

今井は了解して、池崎に敬礼した。部外からの新参者である池崎が、変に突っ張って正規の処罰を主張したところで、誰も喜ばない。であれば、ここは酸いも甘いもかみ分けた古参の下士官たちに処置を任せた方がいい。池崎は答礼を返すと、踵(きびす)を返してその場を立ち去った。

甲板上に千人を超える将兵が、等間隔で一糸乱れず整列していた。手本通りの登舷礼である。その千人以上からの注視を受けて、山本五十六連合艦隊司令長官の一行が、榛名の舷梯を上ってきた。舷門に出迎えた艦長がさっと敬礼し、長官が答礼する。池崎の立っている位置からは小さくちらりと見えるだけだが、それでも長官の姿が見えたときには、一瞬の緊張が走った。

艦長が先導し、長官の一行は艦長公室へ向かった。登舷礼はほどなく終了し、池崎も持ち場に戻った。同じく持ち場に戻ろうとする平島と田渕は、心なしか俯(うつむ)き加減だ。彼らを始めとする洗濯事件の当事者たちは、昨晩、下士官たちからきついお咎(とが)めを受けていた。さんざん怒鳴られた揚句に、尻に精神棒を叩きこまれたはずだ。いや、通常のしごきでもそのぐらいはするから、もっと激しく絞られているだろう。まあ、わかってはいても、士官たるものその辺には踏み込まない。まして今井に任せる、と言ったのだから、どんな制裁があったか詮索(せんさく)する気はなかった。

持ち場に戻り、通常勤務の書類仕事に精を出そうとするが、どうにも落ち着かない。もうしばらくすると、長官一行が主計科にも巡回してくるからだ。艦内の長官視察予定部署は、どこでもそわそわした時間を過ごしているだろう。

作業に就いている兵たちの中に、他より白く綺麗な事業服の者がちらほら見える。洗濯事件の被告人たちだ。あれから、洗濯屋に出した事業服はどうするかという話になったが、結局長官視察の際には着ていろ、ということになった。事情はともかく、せっかく白くなった以上、活用すべきだろうとなったのだ。洗濯事件の連中は、何だかんだで目的を達したことになる。ただし、あくまで視察の間だけだ。その後、件の事業服がどう処置されるか、それは池崎の与り知らぬところである。

長官視察、との声が通路から聞こえた。事務室に居た池崎ら士官と主計兵曹らは、さっと立ち上がって直立不動の姿勢をとった。二、三呼吸を置いて、艦長に案内された山本長官が入って来た。全員が一斉に敬礼した。長官が軽く答礼する。艦長が二言三言、説明を述べ、長官は頷いてから「ご苦労、お邪魔した」と言って出て行きかけた。

池崎の前を通り過ぎようとした長官は、ふと足を止めて池崎の顔を見た。池崎は心臓が跳ね上がりそうになり、足が小刻みに震えた。そこで長官が、いきなり声をかけた。

「君は帝大卒だそうだね」

「はい、そうです」

「そうか。まあ頑張りたまえ。あまり気負わなくていいからね」

山本長官はそう言って口元に笑みを浮かべると、池崎の肩を軽くぽん、と叩き、そのまま通路へと出て行った。通路で待っていた副官や参謀が、ぞろぞろと後に続いた。池崎はほとんど硬直したまたっぷり三十秒間、その場に突っ立っていた。

長官一行の足音が遠ざかり、池崎はほうっと大きな息を吐いた。背中に汗が滲(にじ)んでいた。

その後五十年間、池崎は酒が入ると、このときの話を何度も繰り返した。

第二話

怪しの発光信号

——重巡最上——

（じゅうじゅん もがみ）

級名
最上型重巡洋艦
竣工
1935年7月28日
最期
1944年10月25日、駆逐艦曙により雷撃処分、沈没
排水量
12,200トン
全長
200.60 m
最大幅
20.60m
出力
1520,000馬力
速力
34.735ノット
乗員
944名

頰(ほお)を撫(な)でる夜風はまだ冷たいが、心地よかった。空を見上げれば、満天の星だ。半分まで欠けた月が投げかける淡い光に、島々の稜線(りょうせん)がぼんやりと照らし出されている。反対側に目をやれば、湾のずっと奥に呉(くれ)の街灯り(まちあか)が点々と一列に並び、その背後に標高七三七メートルの灰ヶ峰(はいがみね)が、黒々とした影となってそびえていた。

池崎は腕時計を見た。暗くて見えにくいが、もうすぐ二二三〇(フタフタサンマル)、つまり午後十時半になる頃だ。夜の巡検も終わり、艦内の下士官兵たちは就寝までの間、しばしの自由を味わっている。もっとも、半分以上の乗組員は入湯上陸外出中である。入湯上陸とは、陸上での入浴を本来の目的とした外泊上陸のことで、航海中は千人近く乗っている艦だが、今は静かなものだった。

上甲板をぶらぶら歩きながら、池崎は今回配属されたこの巡洋艦を、改めてじっくり見ていった。まず目が行くのは、やはり本艦の主兵装である二十センチ連装砲だ。この重巡洋艦最上は、最初は十五・五センチ砲三連装五基を積み、強武装の軽巡として竣工したのだが、主砲はあらかじめ二十センチ連装砲に交換できるよう設計され、二年前の昭和十四年、他の三隻の姉妹艦と共に換装が行われていた。それで今では軽巡から重巡に昇格しているのだが、偽装なのか対外的には軽巡のままで通している。

三基の前部主砲塔の後ろには、妙高型や高雄型に比べると小ぶりにまとめられた艦橋がある。特に、一つ前の高雄型は司令部機能を持った大型の艦橋が特徴だったので、同じ重巡でもこの最上型はだいぶ印象が違う。池崎としては、こちらのスタイルの方が好ましい、と思っていた。

艦橋構造物の後ろには、二本が一体化され、巨大な靴のような形になった煙突がある。その両側には連装高角砲が二基ずつ配置されていた。池崎は高角砲の陰を回り、手を後ろに組んでゆっくりと進んだ。左舷正横に目を向けると、五百メートルほど先に碇泊している僚艦鈴谷のシルエットが見えた。最上の同型艦は三隈・鈴谷・熊野を合わせ四隻あり、全艦が呉を母港として第二艦隊第七戦隊を構成している。今夜は四隻とも碇泊中だが、昭和十六年に入って太平洋の情勢は風雲急を告げ始めており、間もなく南方へ進出するとの噂もある。各艦内でも自分のように甲板を歩きながら、呉への名残惜しさを噛みしめている者が居るのだろうか、と池崎は思った。

ふいに池崎は足を止めた。鈴谷の上甲板で、何かが光った気がしたのだ。舷側に寄って目を凝らした。また光る。一度、二度、ごく小さな、蛍の光のようなものが点滅した。あれは懐中電灯か何かだろうか。

池崎の背筋に緊張が走った。間違いない。海軍に籍を置く者なら誰でもわかる。あれは発光信号だ。しかも正規の信号ではない。いったいどういうことなのか。

双眼鏡を持っていないのが残念だった。池崎は舷側から身を乗り出すようにして、怪しい発光信号を見つめた。何語か送信しているらしいのはわかるが、小さくて見にくいせいもあって、意味は取れなかった。光が出ているのは煙突の横あたり、ちょうど池崎が立っているのと同じような場所だ。今は要員は配置されていない。

（まさか……スパイ？）

一瞬、そんなことを思った。が、すぐに打ち消した。そんな馬鹿な話はない。帝国海軍が誇る第一線の重巡洋艦二隻にスパイが乗り込み、互いに連絡を取り合っているなど、妄想としてもかなり低級だった。

光は、間もなく消えた。計っていたわけではないが、二十秒くらいだったろうか。後は島影と一体になった鈴谷の黒いシルエットが、静かに浮かんでいるだけだった。しばしの間、狐（きつね）に化かされたような感じがして、池崎はその場に突っ立っていた。

（いや、いかん。これは一応報告しておかねば）

気を取り直した池崎は、小走りになって艦内に戻った。

「妙な発光信号？　見間違いじゃないんだな」

下士官兵に支払われる給与の帳簿確認をしていた主計長の菊村富雄大尉は、池崎の報告を受けるとペンを置き、角ばった顔を傾げて眉間に皺を寄せた。菊村主計長は池崎のような短現士官ではなく、最初から海軍経理学校を志して専門教育を受けた、正規の主計士官である。もっとも年齢はそれほど離れてはいないので、大学の先輩のような感覚であった。こんな夜遅くまで仕事熱心だが、菊村は気分次第で時々、こんな夜業をやっていた。その方が、邪魔が入らなくていいらしい。

「はい。懐中電灯か何かだと思いますが、間違いなく信号です。ただ、意味は判別できませんでした」

「意味の解らん信号か。そいつは一大事だ。高度な暗号だったかも知れんぞ」

言葉は穏やかでないが、菊村の表情から、本気で言っているわけでないことはすぐわかる。

「暗号、ですか」

「うむ。本艦か鈴谷の重要機密を伝えておったかも知れん。某分隊長ノ女ハ何々屋ノ千代子ト判明セリ、とかな」

菊村はそんなことを言い放って、呵々と笑った。主計士官としては豪放な人物だ。

「まあ、君が見たと言う以上、もう一度確認して見ようじゃないか。そこへ案内しろ」

菊村が立ち上がったので、池崎は上甲板の二番高角砲の脇まで案内して行った。菊村の足取りは軽く、この件を深刻に捉えていると言うより、どうも楽しんでいるように見える。まあ確かに、スパイ云々より水兵の悪戯と考える方が理に適っている、と池崎も苦笑しそうになった。

だが、上甲板に出てみると、そう軽々しく考えているわけにもいかなくなった。そこに、先任衛兵伍長を伴った副長が居たからである。傍らでは水兵が一人、鈴谷の方を指差して何やら説明していた。

「はい、あのあたり、煙突の横です。二十秒ないし三十秒ほど、点滅を繰り返しました」

副長と先任伍長（先任衛兵伍長の略）は、頷いて水兵の指差す方へ目をやったが、すぐに池崎たちに気付いて振り返った。菊村と池崎は、さっと敬礼した。

「何だ、主計長。どうかしたのか」

「はッ、この池崎分隊士から妙な発光信号を見たと報告を受けましたので、一応確認をと参りました」

菊村がそう申告すると、副長は「ああ」と頷いた。

「そうか、君も見たか」

副長が池崎の方を向いて言った。君も、ということは他にも見た者が居るのだろう。

「艦橋の見張り員と、後甲板に居た水兵もそれを見て、報告してきた。それで我々も確認を、な」

艦の内務責任者である副長が、下士官兵の軍紀を保持する責任者の先任伍長を伴って出座しているのだ。この妙な発光信号について、事実がわかるまでは簡単に悪戯などと片付けるつもりはない、ということだろう。

「それで、信号は読めたのか」

副長に問われたが、池崎も菊村に報告した通り自信がない。

「いえ、はっきりとはわかりませんでした。どうも出鱈目（でたらめ）に仮名文字を並べたような感じがしました」

先任伍長の赤峯三郎（あかみねさぶろう）一等兵曹が、それを聞いて頷いた。

「目撃した見張り員と水兵も、同様に言っておりました。通常の信号であるとすれば、意味が通らない、と」

海軍で発光信号や手旗信号を送る際は、長文になると一字ずつ丁寧に送っていては時間を食い過ぎるので、単語を一字に略して表わすなどして、数十文字の文章を数文字に短縮するようになっている。だが見張り員が見て意味の通じない仮名の羅列というなら、通常やり取りしている略文ではないわけだ。

「水兵が信号の練習でもしていたんでしょうか。それとも悪戯でしょうか」

「どうかな。練習なら三十秒ほどで終わったというのも変だ。悪戯とすれば問題だが」

副長は渋い顔で鈴谷の方を見つめた。

「とにかく信号の光った場所はわかった。鈴谷に連絡して調べてもらわにゃなるまい」

そこに立って見つめていても、また信号が光ることはないと考えたのか、副長は池崎、菊村、赤峯の三人に「ご苦労だった」と言い、鈴谷に背を向けて艦橋に戻って行った。

「先任伍長はどう思うか」

副長が去ってから菊村が尋ねた。赤峯は首を傾げた。

「正直、何とも。ですが、重大事ではないでしょう。見張り員にすぐ見つかることぐらいわかるでしょうし」

確かにそうだ。本気で隠密裏（おんみつり）に信号を送るなら、もっと目立たない方法があるだろう。

「まあ、そうだろうな。副長は鈴谷に問い合わせると言っておられたし、そうすればすぐに判明するさ」

そして誰かが尻に精神棒を食らって終わりか、と池崎は思った。時計を見ると、もう十一時をだいぶ過ぎている。引き上げましょう、と池崎は菊村に言った。菊村が頷き、二人は赤峯の敬礼に送られてハッチをくぐった。

菊村と池崎が副長に呼ばれたのは、翌日の昼食後であった。昨日の今日であるから、副長の用件はあの発光信号についてだろう。おそらく、鈴谷から調べた結果を報せてきたのだ。それをわざわざ、目撃者の自分たちに教えてやろうというのだろうか。だとしたら、ずいぶん親切な話だ、と池崎は思った。

「まあ、座れ」

副長に言われるまま、二人は椅子に腰を下ろし、卓を挟んで副長と向き合った。

「鈴谷から、問い合わせの答えが返ってきた」

やはり、と池崎は頷いた。発光信号を送った者が判明したということだ。

「信号を送ったのは、あっちの水兵だ。懐中電灯を使ったようだな。向田という二等水兵だが、こっちに乗組んでいる兄が居て、その兄に宛てた信号だったらしい」

副長はそう言って菊村と池崎をじっと見た。二人とも、それで副長の言わんとするところがわかった。向田という名の兵は、確かにこの艦にも居る。菊村と池崎の部下である、向田祐三一等主計兵だ。副長が池崎たちを呼んだのは、親切からではなかったわけだ。

「つまりその……鈴谷の向田二等水兵は、こちらの向田一等主計兵に向けて信号を送った、ということですか」

言わずもがなだが、確認のため菊村が聞いた。副長が、そうだと頷く。

「あの信号自体は、ばらばらの仮名を並べただけのもので、通信文になっていないようでした。何のつもりだったんでしょうか」

「そこから先は、君のところの向田主計兵に聞き給え」

そう言ってから副長は立ち上がり、扉を開けると「先任伍長！」と呼ばわった。

赤峯が小走りに駆けて来て部屋に飛び込み、三人に敬礼した。

「この件の処置は先任伍長に任せる。主計長立ち会いで事情聴取し、然るべき処置をするように」

赤峯が、全て了解したとばかりに「はっ」と返事し、直立不動の姿勢をとった。菊村と池崎も、副長の考えを理解した。副長は、この件を大ごとにする気はないのだ。艦と艦の問題になるので一旦は前面に出たものの、鈴谷の副長と話して双方の先任伍長にそれぞれ処理をさせる、ということに収めたのだろう。艦内の警察業務は先任伍長の手にあり、この件を適切に処理するなら彼を置いて他にない。

赤峯先任伍長と共に主計科に戻ると、菊村は主計兵曹に、向田一等兵を自分の部屋に呼べ、と命じた。烹炊所で配置についていた向田は、汚れた事業服もそのままに、すぐ出頭してきた。

入ります、と言って部屋に足を踏み入れた向田の顔は、青ざめ緊張していた。自分の置かれた状況を充分承知しているようだ。菊村は丸椅子を指し、厳しい目でそこへ座れと指示した。向田は言われた通りにした。

「よし、向田、なぜ呼ばれたかわかっているな。先任伍長がお前に質問するから、包み隠さず全て答えろ。いいな」

向田は、背筋を伸ばして「はい」と返事したが、赤峯の目をまともに見ようとはしなかった。向田は山口の農家の出で体も顔も大きく、いかにも野良仕事が似合いそうな風貌(ふうぼう)だが、今は心なしか、普段よりひと回り小さく見えた。

「ではまず聞く。お前は昨夜二二三〇頃、上甲板に出て、鈴谷に乗組んでいる弟の向田二等水兵から、懐中電灯による発光信号を受けた。間違いないな」

菊村に目で促され、赤峯が向田をじろりとねめつけてから話を始めた。向田は問われると即座に、「はい、間違いありません」と明瞭(めいりょう)に答えた。最初から否認する気はないようだ。もっとも、軍艦の中で先任衛兵伍長に詰問されてシラを切れる兵など、まずいない。

「それで、どんな内容を通信しておったのか」

「は、はい……」

向田は少しだけ口籠(くちごも)ったが、すぐ続けた。

「私たちの母親に関することです」

「母親についての、どんなことか」

「実は、母が病気で倒れたという報せだったんです」

「そうか」

赤峯が頷いた。特に驚いた様子はなく、当然のことのように受け止めている。それで池崎は悟った。赤峯には副長を通じ、鈴谷から弟を取り調べた結果が届いていて、それと突き合わせて話に食い違いがないか確認しているのだ。

「詳しく話してみろ」

赤峯が促すと、向田は訥々と事情を話し始めた。

昨日の午後、上陸中だった弟が市内の下宿に寄ると、親戚の者が来ていた。母親が急な病で倒れた、と言うのだ。実家はお国のために働いている向田らに心配をかけまいと、連絡せずにいる。だがやはり知らせないのは薄情だと思い、広島に用事で来たついでに、下宿に伝言を残そうと寄ったところへ、たまたま弟が来合わせたのだ。

弟は驚き、兄に知らせようと思ったが、兄の上陸はいつかわからない。そこで軍港へ取って返し、知り合いの最上乗組員を摑まえて、兄へ書付を渡してくれるよう頼んだ。その書付には、信号を送るからその晩十時半頃、上甲板に居てくれと書いてあった。書付を受け取った向田は、何事かと訝ったが、こうまでして書付を届けたからには大事なことに違いないと、指示通りに上甲板で待った。すると、あの発光信号が送られてきた。内容を知って驚き、すぐ実家に連絡したいと思ったが、自分の上陸の順番は四日後である。そこで朝になったら特別上陸許可をもらうつもりでいたのだが、申請する前に先任伍長に呼び出された、ということであった。

「とにかく母の病状だけでも知りたいと思いまして……危篤ではないようですが、母も年ですから心配で……申し訳ありません」

向田は泣きそうな顔になって俯いた。

「うむ。しかしあの信号は、仮名を出鱈目に並べたような代物だったではないか。そんなもので用件が伝わるのか」

赤峯はポケットから紙切れを出して、それを見ながら言った。池崎が覗いてみると、それは見張り員が見て書き取った昨夜の信号らしい。「(不明)ツ・サ・ム・キ・(不明)・ミ・ア・ス・ロ・リ・(不明)」確かに意味不明だ。

「は、はい。私たち兄弟は、次男と三男で、家は上の兄が継ぎますから、二人とも小さい頃から海軍に入りたくて……それで手旗信号のやり方なんかを覚えて、兄弟で暗号を作って送り合って遊んだりしておりまして。その、子供の頃のやり方で私だけにわかる信号を送ったんです」

「ほう。で、これはどう読めばいいんだ」

「はい、ムコウダ、ハハ、ヤマイ、レラセ、です。ほんとに出鱈目な暗号で」

つまり、向田の母、病、連絡せよ、ということか。池崎は首を捻った。それをいったいどう変換すれば赤峯の持っている信号文になるんだ。子供の遊びとは言え、ずいぶん奥が深いらしい。

「しかし発光信号とはなあ。見張り員も居るし、誰かに見られる可能性が高いのに大胆なことをやったな」

菊村が首を振りながら口を挟んだ。向田はますます肩を落とした。

「はい……わざわざ暗号にしたということは、弟も見つかるかも知れないとわかっていたと思いますが……それでも、もし母がこのまま亡くなってしまったらと思うと……大した親孝行もしてないのに……せめて実家に言葉だけでも伝えるようにしなくてはと、それだけの思いで、無理をしたんではないかと」

向田はぼそぼそとそれだけ言うと、涙ぐんだ。赤峯は何も言わず、じっと向田を見ている。池崎は赤峯にちらりと目をやり、はっとした。赤峯の目が潤んでいるようだ。

（まさか、鬼の目に涙か）

やや不謹慎にそんな言葉が浮かんだ。普段は鬼より怖い先任伍長だが、一面ではなかなかの人情家だと、噂に聞いていた。どうやら人情家の琴線に触れるものがあったらしい。

「主計長……」

赤峯がおもむろに菊村に顔を向けた。向田の話は鈴谷で聴取した弟の話と一致しており、どう処置するか裁定したと見える。菊村は黙って頷き、先任伍長の処置に一任することを改めて承認した。了解した赤峯は向田に向き直り、軽く咳払（せきばら）いした。

「よし、事情はわかった。副長より委任された権限で、お前には一三〇〇（ヒトサンマルマル）から三時間、上陸許可を与える。その間に実家と連絡を取れ。わかったな」

「えっ」向田の目が丸くなった。

「よろしいのですか」

「俺がそう言ったんだ。実家に連絡が取れたらすぐ戻って来い。余計な遊びなんぞはするな」

そう言ってからもう一度、赤峯は菊村の方を向いた。

「主計長、よろしいですか」

「うん、了解した」

菊村は軽く頷いた。普通なら何らかの処分があって然るべきだが、副長には艦をまたいだ大ごとにはしたくない、という意向がありありと見えた。その意を汲（く）んだ赤峯が、この件自体をなかったことのように収めたのだ。甘過ぎる気もするが、人情に弱い赤峯の性格も多分に反映されたのだろう。

「あっ、ありがとうございますっ」

向田は反射的に立ち上がり、姿勢を正してから体を二つ折りにした。

向田が三拝九拝して出て行くと、赤峯はふうっと溜息（ためいき）をついて立ち上がり、菊村と池崎に一礼した。

「主計長、分隊士、ありがとうございました」

「いや先任伍長、礼などいい。お前が考えあって決めたことだ」

菊村が言うと、赤峯は恐縮したように眉を下げた。

「主計長は甘いと思われたかも知れませんが、実は私も昔、似たようなことがありまして」

「ほう、もしかして、先任伍長も母親を？」

「はい。一等水兵だった頃ですが、母が発作で倒れまして。心臓だったんですが、じきに回復したように見えたんで、大したことはあるまいと皆思って、私には知らせなかったんです。そうしたら、十日も経たないうちに二度目の発作を起こして、それっきりでした」

「では、先任伍長は母上の死に目には……」

赤峯は目にかすかに後悔の色を浮かべて、頷いた。

「亡くなったとき、艦は海に出てまして、結局葬儀にも間に合いませんでした。最初の発作のときでしたら、入港中だったので連絡する術はあったのですが」

「そうか。そんなことがあったか」

そんな経験があるなら、向田にあんな寛大な処置をしたのも頷けた。菊村は、ご苦労だったと労いの言葉をかけ、赤峯を送り出した。

「さてと」

一息ついてから、菊村は池崎の顔を見た。

「分隊士はどう思う」

「そうですね……」

池崎は首を傾げてみせた。どうやら、菊村主計長と自分は、同じようなことを考えているらしい、と思った。

「主計長、私もちょっと三時間ばかり上陸してきたいのですが、許可願えますか」

「上陸？」

それで菊村は察したらしい。口元にニヤリと笑みを浮かべると、「許可する」と一言、告げた。

所用を片付けて自室へ戻り、上陸の用意をして通路へ出たときは、一三〇〇をほんの少し過ぎていた。そこへ一等主計兵の春田（はるた）が通りかかって敬礼したので、池崎は呼んで声をかけた。

「おい、向田はもう上陸したのか」

「向田ですか。はい、つい今しがた行きましたが」

「そうか。どんな様子だった」

「はあ、特別許可だということで、かなり急いでましたね。ああ、それと」

春田は、一つ思い出したと付け加えた。

「あいつ、貯めていた金を全部出して、持って行ったようです。母親がどうかしたとか言ってましたから、家に送金するつもりでしょうかね」

「そうか。わかった」

池崎は春田に手を振り、舷門に急いだ。

「しまった！」

海面を見ると、ちょうど上陸員を乗せたカッターが艦を離れるところだった。中途半端な時間なので、数人しか乗っていない。向田の後ろ姿が、はっきり見えた。カッターを呼び戻すわけにもいかず、出遅れを悔やんだ。

諦めて次を待つかと思ったとき、短艇がもう一艘、舷梯に寄ってくるのが見えた。これはどうしたのかと思っていると、傍らに立つ舷門番兵が緊張する気配がした。振り向くと、副長が甲板をこちらに歩いて来るところだった。池崎は急いで敬礼した。

「おう、池崎分隊士か。さっきはご苦労だった」

副長は、軽く答礼しながら言った。赤峯から報告を受けたのだろう。

「君も上陸かね」

「はい、ちょっと所用ができまして」

「そうか。じゃあ一緒に乗りたまえ」

副長はそう促すと、先に立って舷梯を下りて行った。この短艇は、副長の上陸のために用意されたものらしい。まさにグッド・タイミングである。多少の緊張を強いられるぐらいは我慢し、池崎は有難くお言葉に甘えて、短艇に乗り込んだ。短艇はエンジン付きの機動艇である。走り出すと一気に加速し、先行した向田の乗る手漕ぎのカッターを、たちまち追い越していった。

桟橋に着いて副長と別れた池崎は、外の道に出たところで桟橋の番兵に見えない物陰に立った。副長はどこかの料亭で会食の約束があるようで、さっさと行ってしまった。結構なご身分だなどと思いつつ、池崎はそこで向田が着くのを待った。

数分待つとカッターが到着した。先頭で桟橋に上がった向田は、番兵への敬礼もそこそこに、急ぎ足で通りへ出て来た。周囲に目を向けず、真っ直ぐ前を向いたままだ。当然、池崎にも気付かない。池崎は向田が二十メートルほど先まで行ったところで陰から出ると、そのままの距離を保って後を尾け始めた。

向田は、軍港地区を出て町の方へ向かっていた。士官も兵も、海軍の者は皆、だいたいその道筋を通って行くから特に目立つことはない。同じジョンベラ姿に紛れて見失わないよう注意しながら、池崎は後を追って行く。

やがて呉線の踏切を越えた。電話するにしても電報を打つにしても、為替で金を送るにしても、行くなら郵便局だ。そこへは電車通りを左に曲がらねばならないが、向田にそうする気配はない。電車通りを越え、ただ真っ直ぐ、堺川に沿って山手の方に進んでいた。

池崎は向田からおよそ二十メートルの距離を保った。向田は、すれ違う上官に敬礼する以外は脇目もふらず歩いており、全く振り返ろうとはしないので、急ぎ足であっても尾けるのは簡単だった。もう二十分は歩いたろうか。ここまで来れば、行き先は自ずと見当がつく。

やがて、通りの両脇に立つ二本の石の門柱が見えて来た。朝日町の遊郭だ。向田は迷わず門を通り過ぎ、客引きを無視してずんずん進むと、一軒の店に入った。池崎は遠目に看板を確かめた。「吉田屋」とある。朝日町に数ある娼家の中堅どころだ。

池崎は、ここで迷った。店に入って向田を呼び出すか。だが、向田が素直に出てくるかどうかはわからないし、事を荒立てたくもない。門柱の陰で一分近く考え、結局池崎は踵を返した。海軍士官の制服のままいつまでも遊郭の入り口で突っ立っているのは、格好が悪い。店に上がろうかどうしようか、迷っているのだと思われるのも癪だった。今はこのまま、成り行きに任せよう。向田がこの先どうするか、非常に不安だったが、この場で池崎にできることはあまりない。

カフェで時間を潰してから、池崎は桟橋に戻った。向田に許された上陸時間は、あと三十分ほどだ。池崎は煙草に火をつけ、その場で行きつ戻りつしながら待った。日差しは既に弱まり、西にだいぶ傾いていた。桟橋には、何かの用事で日帰りの上陸をした者が、自艦への通船に乗るため集まっていた。碇泊中の通常の上陸は一泊の入湯上陸なので、今ここに集まっている者の数は少ない。その中に、向田の顔はまだ見えなかった。

十五分前になると、池崎は焦り始めた。桟橋から艦までの時間を考えれば、そろそろ戻って来なければならない。カッターは待たせているが、遅刻は厳罰である。池崎はさらにもう一本、煙草に火をつけて道路をじっと見た。

十二分前。これは駄目か。池崎は首を振って煙草を地面に投げつけた。そしてカッターに向かおうとしてふと振り向くと、道路の先に向田の姿が見えた。がっくりと肩を落とし、俯き加減になって歩いて来る。時間が迫っているというのに急ぐでもなく、「とぼとぼ」と形容するのがぴったりの歩き方だ。

「向田！　何をしとるか、急がんかッ」

池崎は大声で怒鳴りつけた。それで向田は我に返ったらしく、飛び上がるようにして駆け出した。

「急げ急げッ」

そう叫びながらカッターに飛び込むと、向田も続いた。カッターの乗員たちは、すぐに大急ぎで漕ぎ始めた。時間ぎりぎりである。これ以上は士官の池崎と言えども、カッターを待たせるわけにはいかなかった。危ないところだった。

向田はカッターの中で背を丸め、小さくなっていた。池崎の顔をまともに見られないようだ。池崎は顔を上げようとしない向田をじっと睨んだが、この場では何も言わなかった。

錨を下ろした最上の艦影がぐんぐん大きくなり、カッターはほぼ時間ちょうどに舷梯に着いた。向田は、足に力が入らないような有様で、のろのろと立ち上がった。蹴飛ばしたくなるのを堪えて先に舷梯を上がり、向田が上がって来るのを待った。向田は何とか舷梯を上がって番兵に敬礼すると、覚束ない足取りで甲板に出た。池崎はその向田の腕をぐいと引っ張り、驚いて振り向いた向田に、小声で「夕食後、俺のところに来い。余計なことは言うな」と囁いた。向田はぎょっとして池崎の顔を見つめたが、池崎が手を放すと慌てて敬礼し、小走りに艦内へ入って行った。

「おい、春田、ちょっと」

池崎は、上陸の前に向田の様子を聞いた一等主計兵に声をかけた。春田は向田と親しく、上陸のときもよく一緒に行動していたはずだ。

「はっ、何でしょうか」

「つかんことを聞くが、向田のよく行く娼家は、吉田屋だな？」

春田はちょっとばつの悪そうな顔をした。

「よくご存知ですね、分隊士。はい、その通りです。私も何度か付き合いまして」

「そうか。で、そこに向田の馴染みの女が居るのか」

「え？　はい、確かに居ります。えー、確かマチ子とかいう女ですが、これがなかなかいい女で、二十五、六かと思いますが、切れ長の目が色っぽくてもち肌の……」

「そういうことは聞いとらん。名前がわかればよろしい」

「はっ、失礼しました」

春田は何でそんなことを聞くんだろうという表情を浮かべたが、質問はしなかった。

夕刻、命じられた通りに向田は姿を現した。池崎は扉を閉めるように言い、向田を丸椅子に座らせて向き合った。

「それで、実家の方に電話したのか」

「いえ、私の家には電話はありませんので」

「そんなことはわかっている。村の電話がある家にかけて、様子を聞いてみたのかと言ってるんだ」

「はっ、そ、その、電報を打ちました」

「そうか。では、艦に返事が来るまでは母上の様子はわからんのだな」

「はい、そうです」

「では心配だな。お前、顔色が悪いぞ」

「ああ、いえ、大丈夫です」

向田の額には、早くも汗が噴き出していた。こいつは誤魔化しが上手な方ではないな、と思った池崎は、単刀直入に行くことにした。

「正直に言え。母親が病気云々は、嘘だな」

「えっ……」

向田は絶句した。すぐには言い訳が出て来ないようだ。池崎は畳みかけた。

「お前、朝日町の吉田屋に行っていたろう。もうわかっているぞ」

向田は返事が出来ず、口をぱくぱくさせた。顔は蒼白になっている。

「マチ子に会いに行ったんだな」

向田は何か言おうとしたが諦め、うなだれて「はい」とだけ、小さく返事した。

「それで、彼女はどうなるんだ。やはり満洲へ行くのか」

その一言は、かなりの衝撃だったようだ。向田は顔をパッと上げ、目を見開いた。

「分隊士、どうしてそれを……」

池崎はそれに答えず、黙って書付を出した。赤峯先任伍長が持っていた、例の発光信号を読み取った仮名文字である。ただし、これは池崎自身が赤峯の書付を覚えていて自分で書いたものだ。

「お前、子供の頃、兄弟で暗号通信ごっこをしていたと言ったな」

「あ……はい」

池崎は書付を読み上げた
「『(不明)・ツ・サ・ム・キ・(不明)・ミ・ア・ス・ロ・リ・(不明)』。これをお前が言ったように『ムコウダハハヤマイレラセ』と置き換えるのは、相当に無理がある。通常の暗号には変換の規則性があるが、これからは読み取れん。これが暗号なら、米軍にも英軍にも解読できまいよ」

向田は何も言えないまま俯き、汗を流している。

「子供の頃の暗号遊びをそのまま使ったなら、そんなに複雑なものであるはずがない。それで、試しに幾つかやってみたんだが、五十音順で一字ずつ手前にずらしてみたら、こんな風になった」

池崎はもう一枚書付を取り出し、向田に示した。

「こうだ。『(不明)・チ・コ・ミ・カ・(不明)・マ・ン・シ・レ・ラ・(不明)』これだけではやはりどうもわからん。だが、さっき、お前の馴染みの女がマチ子という名だと聞いてね。それでこの通信文、マチ子について何か知らせるものだったんじゃないかと思ったわけだ」

向田はまだ黙っている。が、唇が震えていた。

「そこからしばらく考えてみた。まあ、最後の『レ・ラ・(不明)』は、連絡せよの『レラセ』だろうと見当はついたんだが、『ミカ』と『マンシ』はよくわからん。だが、『マンシ』と聞いて連想できるものと言えば、真っ先に来るのが満洲だ。遊郭の女が満洲へ移る、あるいは売られる、なんてのはよく聞く話だ。それでさっき、カマをかけさせてもらったのさ」

そこまで聞いた向田は、ふうーっと大きく溜息をついた。

「全部お見通しということですか」

「話してみろ」

それから向田は、自分で話を始めた。訥々として行きつ戻りつし、いささか聞きづらかったが、難しい話ではなかった。

一年以上前、吉田屋に上がった向田は、そのとき相手をしたマチ子に惚れてしまった。入湯上陸のたびにマチ子のもとへ通い、ついには将来の約束までした。マチ子はどうか知らないが、純朴な向田は本気だったのだ。ところが、マチ子が満洲、大連の遊郭に移るという話が持ち上がった。詳しい事情はわからないが、店の都合で行かされるらしいとはわかった。向田は、マチ子が満洲へ売られて行くのだと思った。

「もしかして、『ミカ』と不明の一字は、合わせて『ミカコ』、三日後の意味だったのか」

「そうです。先に入湯上陸で朝日町へ行った弟が、マチ子が三日後に満洲へ行くと聞いてきて、知らせてくれたんです」

つまり、「マチ子三日後満洲、連絡せよ」という暗号だったわけだ。

「お前の次の入湯上陸を待っていては間に合わない。それで矢も楯もたまらなくなり、次の日に上陸申請してマチ子に会いに行こうとしていたのか」

「はい、そうです」

「しかし、先任伍長の様子では、鈴谷の弟の話とお前の話はほぼ合っていたようだな。どうやって口裏を合わせたんだ」

「これです」

向田はポケットからくしゃくしゃになった紙切れを出した。広げてみると、「二二三〇信号、上甲板、母ノ件」と鉛筆で書かれていた。向田の弟が最上の知り合いに託して、向田に届けてもらったという書付がこれだろう。

「母ノ件？　もしかして、これか」

「はい、弟とは前から、何か言い訳しなければいけないことがあった場合は、母親の病気、というのを使おう、と半ば冗談で話していたんです。書付を見たときはピンと来なかったのですが、信号の内容が母とは関係ないことだったので、これは言い訳のことに違いないと気が付きまして」

それで双方の言い訳がうまく合致した、ということか。何とも息の合った兄弟だ。

「呆れたな。ずいぶんと手の込んだことをするじゃないか。しかも母親を病気に仕立てるなんて、親不孝も甚だしい」

「申し訳ありません……」

向田の頭がまた下げられた。

「それで、お前、マチ子のところへ行ってどうするつもりだったんだ」

「は？　どうすると言われますと」

「とぼけるんじゃない」

池崎が一喝すると、向田はびくりとして背筋を伸ばした。また額に汗が浮き出てきた。

「お前、上陸のとき、貯めた有り金を全部持って行ったそうだな。マチ子にやるつもりだったのか。まさか餞別じゃないよな」

「あ、いえ、それは……」

しどろもどろになる向田を睨みつけ、池崎は詰問した。

「お前、マチ子と駆け落ちするつもりだったんじゃないのか」

「い、いえ、そんなことは……」

向田の顔色が、さっきよりさらに青くなり、膝が震えているのがわかった。やはり図星だったようだ。軍艦の乗組員が艦に戻らず駆け落ちしたとなれば、脱走である。とんでもない重罪だ。向田はよほどマチ子に惚れていたのか。

「ふむ。しかしお前は戻って来た。マチ子と何があったんだ。言ってみろ」

向田は少しの間、呆然（ぼうぜん）としていた。だが、言い逃れはできないと観念したか、震えながら喋（しゃべ）り出した。

「おっしゃる通りです。マチ子のところへ行って、満洲の遊郭なんか行くことはない、一緒に逃げよう、その先は俺が何とかする、と言ったんです。時間は限られてるし、もう必死でした。でも、マチ子は俺の話を聞いて、笑い出したんです」

マチ子は向田に、自分は満洲の方がずっと稼げると聞いて、行く機会を狙（ねら）っていたのだが、今回たまたま大連に新店ができる話があって、吉田屋の旦那（だんな）を通じてそっちに移る話をまとめたのだ。自分をそこまで思ってくれるのは嬉（うれ）しいが、あなたはあくまで客であって、それ以上でも以下でもない。だからあなたと逃げるつもりは全然なく、誤解させたのなら申し訳ないが、頭を冷やして船に戻ってくれ、そう言ったのだった。本気だった向田はすっかり打ちのめされ、どこをどう歩いたのかもわからないほど落ち込んで桟橋に戻って来たのである。駆け落ちの資金にするはずの金も、ポケットに入ったままだった。

「私は本当に馬鹿でした。田舎者の、世間知らずの、大馬鹿野郎です」

向田は絞り出すようにそう言うと、男泣きに泣き始めた。

(やれやれ、まいったな)

机に突っ伏して泣いている向田を見ながら、今度は池崎の方が大きな溜息をついた。

(手の込んだことをする割には、本質はお人好しなんだな、この男は)

しばらく待って向田が落ち着いてきたところで、池崎は改めて声をかけた。

「さてと、今後の話だが」

「はい、わかっています。処分は覚悟しております」

「覚悟だと? 簡単に言うな」

池崎がむっとして叱りつけると、向田はなおも恐縮して縮こまった。

「脱走を計画して未遂に終わった、しかも我々や先任伍長を騙していたとなったら、周りにどれほど迷惑がかかると思う。そのぐらい、わからんのか」

新兵がしごきに耐えられず逃げ出した、という話はよくあるが、ベテランの一等兵が女絡みで脱走となれば、艦全体の不名誉である。上陸特別許可を出した赤峯の責任問題になるし、直属上官である池崎たちの経歴にも傷がつく。それだけではない。

「お前も故郷の村を出るときは、盛大に祝ってもらったんだろう」

「はい……村から兵隊に行くのは大概陸軍で、海軍は珍しかったですから、兄弟揃って海軍に入れたときは、名誉なことだと村を挙げて祝ってもらいました」

「だったら、駆け落ちなんかやらかしたら、お前の親や親戚がどれほど肩身の狭い思いをするか、わかるよな」

「あ……はい」

　向田はまた青ざめた。恋は盲目と言うが、今まで母親をダシに使っておきながら、そういうことはあまり考えていなかったようだ。確かにお前は大馬鹿だ、と言いたいのを堪えて、池崎は少し口調を和らげた。

「マチ子さんとやらも、実はそのあたりを考えてのことだったのかも知れんな」

「え？」

　向田は、鳩（はと）が豆鉄砲を食らったように、一瞬ぽかんとした。

「それでは、マチ子は私のために駆け落ちを思いとどまらせようと、あんな言い方をしたと言われるんですか」

「いや、あくまでそうかも知れん、と言っているだけだ。俺はマチ子という人を知らんからな」

　後段は向田の耳には入らなかったようだ。遠くを見る目付きになって「マチ子……」と呟（つぶや）くと、また目が潤み始めた。

「こら、しっかりせんか」

　池崎は自分の世界に入りかけた向田を、急いで呼び戻した。話はまだ終わっていない。

「失礼しました」

向田は、はっとして背筋を伸ばした。

「よし、いいか。もしマチ子さんがお前のために敢えて突き放したのなら、お前はそれに応えねばならん。しゃんとしろ」

「はい」

「処分と言うが、この件に関しては先任伍長が副長から委嘱されて、既に結論を出している」

「ええ……はい」

「今さら母親の話は嘘で脱走云々など、言えるか。そんなことをすれば先任伍長の面目は丸潰れだ。お前、そんなことをしたいか」

「い、いえ、それは」

怒ったときの赤峯を思い出してか、向田は身震いした。

「先任伍長だけではない。我々も副長も立場がない。鈴谷の方でも、お前の弟の取り調べが不十分だということで、問題になる。そんな大きな波紋を起こすわけにはいかん」

「は、はい」

話がどこへ向かうのかわからないようで、向田は不安げに目を瞬いた。

「従って、この件はこれまでにする。昼に先任伍長が下した決定が全てだ。お前も、二度と口にするんじゃない。わかったか」

「あ……はい、わかりました」

「自分のためにも、マチ子さんのためにも、お前は今まで以上に勤務に精励しろ。二度とこんなことを起こすんじゃない。もしやったら、俺が太平洋の一番深いところに叩き込んでやる」

向田の顔にぐいっと指を突きつけて、凄むように言った。向田は背中を反らせた。

「はいッ、二度といたしませんッ」

「行ってよし。直ちに戻れ」

「はいッ」

向田は弾かれたように直立し、敬礼すると、大急ぎで部屋を出て行った。池崎は椅子に腰を落とし、さっきの倍ほどの溜息をついた。

「そうか。それで収まったなら良しとしよう」

池崎の報告を聞いた菊村主計長は、頭の後ろで手を組んでそう応じた。菊村も向田の話を始めから疑っていて、暗に池崎に調べるよう促したのだ。

「しかし先任伍長もどうしたのかね。少し考えれば、話が胡散臭いのはわかったろうに」

菊村は首を傾げた。もっともな話だ。そもそも、向田の弟が知り合いを通じて兄に書付を渡すのなら、信号を送るなどという面倒なことはせず、その書付に母が病気だから連絡してやれと書いておけば済む話である。そうしなかったということは、兄に伝える内容が、誰かに見られては困るようなものだった、と考えるべきなのだ。

「先任伍長は何だかんだ言っても人情家ですからね。母親がどうのという話には弱いんでしょう。それに、以前に似たような経験をしていたようですから」

「そうか。そう言えばそんなことを言っていたな。自分の経験での後悔の念が、先任伍長の目を曇らせた、ということか」

菊村は納得したらしく頷いた。

「向田は転勤させよう。ボロが出ないうちにな」

「はい、それがよろしいかと」

向田もこのまま最上には居づらいだろう。先任伍長の顔など、まともに見られまい。

「しかしそのマチ子って女、よっぽどいい女なのかね。満洲へ行く前に会ってみたいもんだなあ」

「はい、確かにいい女だそうで、春田一主（一等主計兵）が言うには……いや、何を言わせるんです」

菊村が大笑いした。それから、ちょっと斜に構えて池崎に顔を寄せた。

「なあ、マチ子は本当に向田のためを思って、奴(やつ)を突き放す芝居を打ったのかね」

「さて、それは……正直、可能性は低いように思いますね」

「おいおい、自分で言い出しておいてそれはないだろう」

「はあ。しかし、向田の様子を見ていると可哀相になりまして。あのままでは自暴自棄になりそうでしたから」

「ふむ、奴のための方便か」

菊村は手を顎に当てて首を捻った。

「そうだな、奴もそういう思いに縋りたいだろうな。まあ、十に一つぐらいは、本当であるかも知れんし」

菊村は一度肩を竦めると、腕を伸ばして大きく伸びをした。

「やれやれ、まったく疲れさせてくれる話だ。池崎分隊士、大変ご苦労だった」

そう労ってから、菊村は池崎の顔を覗き込んだ。

「それにしても、よくまあ全部を見抜いたな。どうも君には探偵の素質があるようだね」

「探偵ですか？　そんな、よしてください」

「いやいや、娑婆に戻ったら一つ探偵事務所でも開業してみるかい。会計士より面白そうだぜ。いや、探偵小説家の方が稼げるかな」

「まあ、どう考えても商売としては会計士の方が手堅いですね。今は海軍の任務に精励するのみです」

「軍艦の中だって、警察仕事は必要なんだぜ。普通は先任伍長の役目だが、刑事や探偵の真似事(まねごと)ができる先任伍長なんてなかなか居ないからな。いっそ主計科に探偵班を設けるか。軍艦に一人ずつ探偵を乗せておく。こりゃあ面白いぞ。軍艦探偵だ」

「そういう話は飲んだときにしてください」

菊村は天井を仰ぎ、豪快な笑い声を上げた。

第三話
主計科幽霊譚
——航空母艦瑞鶴——

（こうくうぼかん ずいかく）

級名
翔鶴型航空母艦
竣工
1941年9月25日
最期
1944年10月25日沈没
排水量
25,675トン
全長
257.50m
最大幅
26.00m
出力
160,000馬力
速力
34.2ノット
乗員
1712名

少し冷えてきたかな、と池崎は思った。もう、昭和十六年も晩秋に差しかかっている。つい先日まで重巡最上に乗って、仏印（ふついん）進駐の支援のため南方に行っていたことを思えば、九州近海とは言え、この寒暖の差は大きかった。

舷窓（げんそう）から外を見る。海はそう荒れているわけではないが、空は曇っていた。夜には少し荒れるかも知れない。荒れる前に上甲板に出て、潮風に吹かれながら一服したいところだが、この艦の上甲板では潮風が吹かない。この艦の「上甲板」は、飛行機の格納庫に充てられていた。そして艦の最上部には、全長に渡って、真っ平らな特別の甲板が乗っかっている。長さ二百四十二メートル、幅二十九メートルにも及ぶ飛行甲板である。

池崎は持ち場に戻るべく、通路を歩き出した。壁には黒ずみや傷もほとんどなく、まだペンキの香りがする。それも当然、この空母瑞鶴は、就役してからまだ二カ月しか経っていなかった。

（新鋭艦というのは、やはりいいもんだな）

池崎は周囲を見回し、この新空母に転属したことに満足を覚えた。新しいということは装備も設備も良いということで、居住性もそれに伴って、古い戦艦などより良好である。ただし、空母ではあくまで飛行機優先であり、艦内のかなりのスペースが格納庫や航空ガソリンタンクなどの、飛行機のための設備に割かれていた。

（さて、我々はどこへ向かっているのか）

呉を出港して以来、乗組員の誰もが抱いている疑問を、池崎はまた頭の中で反芻した。通常、艦が出港するときは目的と行き先が知らされるのだが、今回に限ってはそれがなかった。

瑞鶴がまず赴いたのは、大分県の佐伯湾だった。そこで池崎ら乗組員たちは、感嘆の声を上げることになる。そこには、帝国海軍の精鋭、第一航空艦隊を中心に、二十隻以上の艦船が集結していた。

佐伯湾でも、何のためにここに集まっているのか、この後どこへ行くのかの説明はなかった。そして到着の翌日であるこの日、集まっていた艦は一隻ずつバラバラに湾を出て行った。せっかく集結した艦が、艦隊を組むことすらなく再び移動するというのは、どう考えても解せなかった。

「行動を秘匿しようとしているとしか、思えんな」

主計長はそんなことを漏らした。だとすると、重大だ。これだけの数の艦が意図を隠して動いているなら、現在の緊迫した国際情勢から考えれば、自ずと目的は見えてくる。

（戦が、始まる）

そう思うと、武者震いに襲われた。口にはあまり出さないが、誰もがそれを意識しているようだ。だが、どこへ、という問いには未だに答えが出なかった。

「野々宮兵曹、ちょっと」

池崎は敬礼して通り過ぎようとした、部下の野々宮克実三等主計兵曹を呼び止めた。

「は、何でしょうか」

痩せ型の野々宮は、姿勢を正すとぐっと背が高く見える。実際には池崎の身長も大差ないのだが、思わず見上げそうになった。

「主計科倉庫で、何かあったのか」

「何か、と言われますと……」

「さっき三、四人倉庫の扉のところに集まって、鳩首会議してたじゃないか」

「ああ、あれですか」

野々宮は、困ったような苦笑いを浮かべた。

「いやその、倉庫で幽霊を見たと言い出した者が居りまして」

「ほう、幽霊？」

軍艦に乗っていれば、平時でも死者が出ることはままある。民間船と違って実戦さながらの訓練もあるし、その間に事故が起きることもある。しごきの辛さに耐えかねて、首を吊る新兵も居るのだ。それゆえ、軍艦内で幽霊を見た、という話はさして珍しくない。だが……

「おい、そりゃあ変だな。本艦は就役したばっかりで、まだ死人なんか出てもいないぞ」

「ええ、確かに変ですね。古い艦ならそんな話、幾らでもありますが、新鋭艦で幽霊というのは聞いたことがありません。まさか、造船工が建造中の事故で死んでるとか……」

「そんなこと、俺が知るわけないだろう。で、誰が幽霊を見たのか」

「はい、倉庫係の粕谷一主（一等主計兵）です。昨夜の話です」

「うむ、粕谷か」

「ええ。昨夜遅く、倉庫に行っているはずの粕谷が兵員室の前で青い顔で立っていたので、他の者がどうしたかと聞いたところ、幽霊が出たと言ったそうです。粕谷はその後すぐ倉庫に戻りましたが、先ほど改めてその話を聞いていたんです」

着任して日の浅い池崎は、主計科員の名前は何とか覚えたものの、全員の人となりまではまだ把握していない。粕谷がどういう男かはよく知らなかった。しかし経験を積んだ一等主計兵なら、新三等兵などと違って影に脅えて大騒ぎしたりはしないだろう。

「あのう分隊士、事情を聞きたいと言われるのでしたら、粕谷を呼びますが」

「うん、そうだな。そうしてくれ」

野々宮は了解し、粕谷を呼びに倉庫の方へ向かった。

（ふうん、幽霊か）

池崎は腕組みして首を傾げた。幽霊を信じる、信じないは別として、出来立ての空母に幽霊というのは、どうもそぐわない。これは、ちょっと調べてみた方がいいかも知れない。倉庫に何らかの異常があるとすれば、やはり主計士官として放置するわけにもいかないだろう。そう自分では頭の中で理由づけしていたが、本音は個人的興味である。

（船幽霊にお目にかかるのは初めてだ。こりゃあ、面白いことになったぞ）

戦の前に幽霊退治で景気づけ、というのではないが、ピリピリし始めた艦内の空気をほぐす役にも立ちそうだった。

呼ばれてやって来た粕谷健吉一等兵は、野々宮と対照的にずんぐりした体型で、顔もいかつい男だった。野々宮と並ぶと、見事な凸凹の組み合わせで、思わず笑いがこぼれそうになる。

「お呼びでしょうか、分隊士」

「ああ、昨夜の幽霊とやらの話を聞きたくてね」

机に広げていた帳簿類を閉じて、池崎は出かかった笑いをかみ殺した。

「倉庫で見たそうだな。どんな見てくれだったんだ」

「はっ、そいつは倉庫の奥に立っていまして、水浸しで顔が腫(は)れ、なかなかに恐ろしげな形相をしておりました」

「恐ろしげな形相、ねえ」

そう言う粕谷も、真面目(まじめ)くさった顔つきは武者人形のようで、三等兵などから見れば随分と恐ろしい形相だろう。

「倉庫に入り込んでいた人間ではなかったのか」

一応そう問うてみると、粕谷はいささか気分を害したようだ。

「分隊士がそう思われるのはもっともですが、私は一度、前に乗っていた扶桑(ふそう)で幽霊を見ております。間違いありません」

「ほう、扶桑か」

海軍では俗に「鬼の山城(やましろ)、地獄の金剛」などと言われるように、古手の戦艦では下級兵へのしごきが特に厳しい。池崎が乗った金剛型の榛名も、山城の姉妹艦である扶桑も、やはり同様である。そこで叩(たた)き上げられた下士官兵は筋金入りと見なされ、一目置かれる。

そんな粕谷が幽霊ですと断言するのだから、下手に否定はできない。だが、こちらも叩き上げの野々宮は、違う受け止め方のようだ。

「さっきもそう言っていたが、間違いない、と言い切っていいのか。おおかた、銀蝿しに来た水兵を見間違ったんじゃないのか」

揶揄するように言うと、粕谷はムキになった。

「野々宮兵曹、何度でも言いますが、あれは幽霊です。分隊士も野々宮兵曹も、あれを一度見たらおわかり頂けるはずです」

「しかしだな、幽霊というのは死人が居らんと成り立たん。本艦で、しかも主計科倉庫で誰か死んだなどという話、お前は聞いたか」

野々宮が食い下がっても、粕谷は頑固だった。

「それは聞いたことはありませんが、だから絶対に幽霊が現れないということでも……」

「わかったわかった。それじゃあ、ちょっと倉庫に行ってみようじゃないか」

「は？　今から倉庫に、ですか」

粕谷は驚いたようで、思わず口にした。粕谷の持ち場は倉庫だから、そこへ戻るのは当然だが、池崎がわざわざ現場を確かめに来るとは思わなかったのだろう。

粕谷を先に立たせて通路に出ると、野々宮が脇から囁いた。

「分隊士、この幽霊の件を徹底的に調べるおつもりですか」

「徹底的にかどうかはともかく、一応自分なりに調べてみるつもりだ」

「ははあ、なるほど。やはり探偵仕事がお好きで」

「え？　探偵仕事って、何だそれは」

池崎は少なからずびっくりして、野々宮の顔を見た。野々宮はニヤリとした。

「いえその、以前に榛名で何か事件を解決されたそうで。榛名の今井兵曹から聞きました」

「今井兵曹？　お前は今井をよく知ってるのか」

下士官兵は出身地に近い海兵団で教育を受け、その海兵団が属する鎮守府に籍を置く。一旦籍を置くと、鎮守府間の異動は普通せず、その鎮守府所属の艦にずっと乗ることになる。池崎のように、海軍省に籍を置くのでどこへでも異動できる士官とは違うのだ。ゆえに、佐世保鎮守府所属の今井と呉鎮守府所属の野々宮とは、接点がないはずであった。

「はい、つい先だって榛名が呉に入港したとき、向こうの者とうちの者が上陸中に喧嘩になりまして、止めに入ったのが私と今井兵曹だったんです。で、その後飲みに行って、意気投合したという次第で……そこで分隊士の話を」

「ああ、そういうことか」

違う鎮守府の下士官と飲む機会は少ないから、話は弾んだろう。そこで、酒の肴にされたというわけか。

「分隊士が探偵をされるなら、私が助手をやりますよ」

「助手だって？」

池崎は再び驚き、野々宮をまじまじと見た。冗談で言ったわけではなさそうだ。

「おいおい、お前は日頃、探偵小説でも読んでいるのか」

「ええ、実は結構好きでして」

「ふうん……まあいい、好きにしたまえ」

「ありがとうございます」

野々宮は満足げな笑みを見せた。まったく、海軍の下士官にもいろんな奴が居るものだ。

粕谷は後ろでのそんなやり取りには気付かない様子で、振り向きもせず進んで行く。

倉庫に着いた粕谷は、自らが管理している鍵を出して扉を開け、電灯を点けた。三人は扉から一歩、中に入った。

「それで、幽霊が出たのはどの辺だ」

「あの奥です」

池崎が聞くと、粕谷は木箱がぎっしり詰まれた倉庫の右手奥を指した。

「あそこの木箱の向こうに、上半身だけ見えました」

「上半身だけ？　それじゃあ、足があったかなかったかわからんじゃないか」

野々宮が鼻で嗤った。粕谷はむっとして反論した。

「幽霊に足がないっていうのは、芝居や講談の話でしょう。本物の幽霊は見た目、生身の人間と変わりませんよ」

「まあ、とにかく調べてみようや」

池崎はさっき粕谷が指差した木箱の方へ進んだ。

「あの、分隊士が直々に調べられるんですか」

「そうだ。悪いか」

「いえ、とんでもない」

粕谷は慌てて言ったが、顔には困惑が浮かんでいる。池崎自らが確認に来ただけでなく調査までやり出すとは、さらに予想外だったようだ。

「おい、幽霊はここに居たのかね」

二段に積んだ木箱の列の間に立った池崎が確かめた。

「あ、はい、そうです」

「俺の身長だと肩口のあたりから上しか、木箱の上に出ないな」

池崎は平均的な身長なので、木箱の向こうに上半身が見えたと言うなら、かなり背の高い幽霊だ。野々宮を呼んで立たせてみたが、彼も胸板のところまでしか見えなかった。

「その通りです。もしかすると、宙に浮いていたのかも知れません」

「ふん、そうか……おや、何だこれは。この木箱、ちょっと濡れているな」

池崎は後ろの壁際の木箱に触れて、湿り気を感じた。床に目を落とすと、そこもわずかに濡れているようだ。

「ここだけ湿気があるのは妙だな」

「あ、あの幽霊は水浸しでしたから、その跡でしょう」

粕谷が得たりとばかりに言った。それを聞いた野々宮が、小馬鹿にしたような顔になった。

「幽霊が出たのは昨夜の話だろう。とうに乾いているはずじゃないか」

野々宮の言う通りと気付いてか、粕谷は口をつぐんだ。池崎は周囲を見回した。すると、壁を水滴が伝い落ちてくるのが見えた。よく見ると、壁には水が流れた筋が何本かついている。その筋に沿って目を上に向けて行くと、目の粗い金網を被せた縦横四、五十センチくらいの通風孔があった。

「何だ、あの通風孔から水が漏れてるな」

「あ、本当ですね。配管か何かからの漏水でしょうか」

自分でも確認してから野々宮はしたり顔で頷き、粕谷を睨んだ。

「何が水浸しの幽霊だ。お前、やっぱり銀蠅しに入り込んだどこかの水兵を見て、震え上がったんじゃないのか。飛んだ枯れ尾花だ」

「いや、お言葉ですがよく見てください。この倉庫は扉が一つしかなく、そこは私が施錠してるんですよ。昨夜はネズミ捕りを仕掛けに来て幽霊を見たんですが、そのとき私はちゃんと鍵を開けて入ったんです」

「主計科にある合鍵を使われた、ってことはないのか」

野々宮はなおも言ったが、池崎は、それはないなと思った。合鍵はまとめて鍵のかかる保管箱に入っており、主計科の誰にも見咎められずに持ち出すのは無理だ。

「それはありません。よしんば合鍵を使ったとしても、中に居たままどうやって鍵を閉めるんです」

「どうやってって、それは……」

返答に詰まった野々宮は、改めて倉庫の中を見回した。粕谷の言うように、人が出入りできるのは一か所の扉だけだ。野々宮の顔に当惑が浮かんだ。

「通風孔はどうなんだ」

池崎が壁の上方を指すと、粕谷は首を振った。

「いえ、分隊士、幽霊はさっきも申し上げた通り、かなり背の高い大柄な奴です。あれが人間なら、通風孔は通るのに狭すぎるでしょう。それに、出入りしようにも金網が張ってあります」

確かに粕谷の言う通りだ。池崎は頷かざるを得なかった。

「こりゃあ、本物ですかね」

考えあぐねたらしく、野々宮がそう囁いた。

「なあに、まだわからんさ」

池崎は肩を竦めた。

「それはともかく、この水漏れは放っておくわけにいかんな。機関科に言って通風孔の中を調べてもらえ」

「はい、すぐに」

粕谷が了解して走って行った。野々宮は通風孔を睨んで首を傾げた。

「これはいわゆる、密室という奴ですねぇ分隊士」

「何だそれは。探偵小説の話か。ふん、現に人が居た以上、密室なんぞであるもんか」

「人が、と言われるのは、やはり分隊士も幽霊とは思っておられない」

「無論だ。お前はどうなんだ」

「ええその、正直半信半疑です。ここへ来るまではまさかと思っておりましたが、出入り口がないとなると……」

野々宮は頭を掻いた。板子一枚下は地獄、という漁師や船乗りは、案外迷信深い者が多く、海の幽霊伝説はそうした者たちの口づてに伝えられている。大自然の猛威に常にさらされる海の男たちには、人智の及ばぬものへの畏敬が深く存するのだろう。愛媛のミカン農家の出で根っからの海の男ではない野々宮も、長く軍艦に乗っていれば共感できるものがあるに違いない。池崎は軽い頷きを返した。

そのまま数分待っていると、梯子(はしご)を担いだ粕谷が、道具箱を提げた機関兵を連れて戻って来た。その男は池崎と野々宮に敬礼して、山之内(やまのうち)一等機関兵と名乗った。

「あの通風孔ですね。早速調べさせていただきます」

生真面目そうな山之内は、粕谷から梯子を受け取って奥に進むと、通風孔の下に立てかけた。

「あー、確かに何か漏れてますね。覗(のぞ)いてみましょう」

道具箱から懐中電灯を出すと、山之内は通風孔の中が見える位置まで梯子を上った。

「ははあ、思った通りです。この奥を通っている蒸気配管から漏れているようですね。ここからじゃ狭くて自分は入れませんが、点検口が反対側にありますんで、外を回って、そこから配管の方に入ります」

山之内はそれだけ説明すると、梯子を下りようとした。が、金網に触れると「おや」と声を出した。

「あの、主計兵曹、この通風孔の金網ですが、どなたか取り外そうとされましたか」

「取り外す? いや、誰もそんなことはしとらんが」

野々宮がよくわからないまま返事すると、山之内はちょっと首を捻ったように見えたが、そのまま床まで下りて来た。

「何か不審なことがあったのか」

池崎が聞いてみると、山之内はすぐに答えた。

「はい、金網を止めているネジが、いくらか緩んでいましたので。きちんと固く締まっていないといけないんですが」

「緩んでる？　初めからそうだったんじゃないのか」

「いえ、そんなことはないと思いますが……まあ、いいです」

山之内は道具箱から小型のネジ回しを出して、もう一度梯子を上り、ネジを締め直した。

「終わりました。では、配管の方を見て来ます」

梯子から下りた山之内は、梯子をそのまま置いて外へ出て行った。待っていると、しばらくして通風孔の奥から金属の触れ合う音が聞こえてきた。山之内が配管を改めているらしい。その音を聞きながら、野々宮が囁いた。

「本当に蒸気配管に問題があるようですね。これは幽霊騒ぎと関係あるんでしょうか」

「さあな。まあ、そのうちわかるさ」

池崎は肩を竦めた。粕谷は聞こえているのかいないのか、おとなしく立っている。

十分足らずで音は止み、その後間もなく山之内が再び現れた。顔と煙管服（機関科の作業服）に黒っぽい汚れが付いている。

「やはり、配管の継ぎ目から漏れがありました。ここの配管は艦内の暖房に回すためのものですが、どうも具合がもう一つでして。実は蒸気漏れはこれで三度目なんですよ。これまでは主計倉庫まで漏水が届くことはなかったんですが。どうも申し訳ありません」

「いや、別に機関科のせいじゃないだろう。工廠の仕事が悪かったんじゃないのか」

本当に恐縮している様子の山之内に、池崎は宥めるように言った。山之内がほっとした顔になる。

「新しい艦は、細かいところにいろいろ故障が出ることが多いんです。使っているうちに馴染むと言いますか、落ち着いてくるんですが」

「おしなべて、機械というのはそんなもんだろうな」

瑞鶴は、噂によると、物凄い突貫工事で当初予定より半年ぐらい早く完成させたらしい。であれば、施工を急ぐあまり、細かいところでなおざりにされたものがあるかも知れない。口には出さないが、池崎はそう思っていた。

山之内は、とにかくこれで大丈夫のはずですので、と敬礼し、梯子と道具箱を持って引き上げて行った。

「さて、水漏れのことはわかりましたが……」

蒸気配管は直ったようだが、幽霊の問題が解決に近付いたとは言えない。野々宮は、次はどうしましょうかと言いたいのだ。

「そうだな……」

池崎は濡れた木箱と通風孔を交互に見上げた。木箱は二段に積まれているので、梯子を使わずともその上に乗ればすぐ通風孔を覗けるのだが、山之内も主計科の貯蔵品に足をかけるのはさすがに控えたのだ。

「おい、ちょっとここを見てみろ」

池崎は上段の木箱の表面の隅を指で示した。野々宮が怪訝そうに覗き込む。そこには、何か擦ったような薄く黒っぽい跡があった。

「これ、足跡じゃないか？」

「は？　ああ、そう言えば靴の爪先の跡のように見えますね」

野々宮の目が、そこで何か思い付いたように光った。

「もしや、この箱を踏み台にして通風孔から出入りしたとお考えで？」

「うん。あの金網だが、ネズミを防ぐのが目的だから、ずいぶん目が粗いじゃないか。あれなら手は駄目でも指は出せるだろう。小型のネジ回しを使うこともできるかも知れないぜ」

「なるほど」

野々宮は頷きかけたが、粕谷が口を出した。

「あの、お言葉ですが、やはり通風孔では狭すぎるかと」

水を差されて野々宮は舌打ちした。確かに大柄の男だったと粕谷が言う以上、子供しか通れないような通風孔は使えない。

「まあそれは置いておいて、この木箱をちょっと調べよう。中身は何だ」

「ええと、鯨の大和煮の缶詰です」

粕谷が標章も見ずに言った。さすがに倉庫係として、どこに何があるかはきちんと把握している。

「よし、とりあえず床に下ろせ」

命じられた野々宮と粕谷は、箱に手をかけてぐっと力を入れ、持ち上げようとした。

「あれっ」

野々宮が違和感を感じたらしく、眉根を寄せた。

「この箱、こっちの下側の隅が壊れてます」

壁に押し付けられている側だったので、持ってみるまでわからなかったのだ。さらに粕谷が言った。

「重さも少しだけ片寄ってます。こりゃあ、何個か抜かれてますね」

「そうか。よし、それだけわかれば、もう下ろさなくていい。戻しておけ」

野々宮と粕谷は箱を戻し、どういうことでしょうと問いたげに池崎を見た。

「大和煮が好物の幽霊って、聞いたことあるか」

「いいえ、ありません、もちろん」

「だろうな。やっぱりこれは、銀蠅だよ」

野々宮は、ほうら見ろ、という顔を粕谷に向けた。粕谷は困惑し、何か言いたそうだったが、適当な言葉が見つからないようだ。代わりに池崎が言った。

「いや、わかってる。そう言ってもまだ納得のいかないことが多すぎるな。まずは容疑者を捜そうじゃないか」

「は、しかし捜そうと言われましても、手掛かりと言うほどのものは」

「いや、全然ないわけじゃない」

池崎はそう言うと、悪戯（いたずら）っぽく笑った。

「すごく小柄で、頭に打撲傷、顔や手に火傷（やけど）を負った兵を捜せ」

一言で捜せ、と言っても、広い艦内である。各科の配置ごとに分隊があり、仕事上の接触がないことも多く、瑞鶴ほどの大艦となると、互いに顔を知らない乗組員はいくらでも居る。それでも野々宮は、伝手（つて）を活かして聞き込みをやってくれた。こういうことは、ある程度顔が広く、兵より時間の融通が利く下士官でなければなかなかできない。

「野々宮兵曹は、最古参だからなあ。この艦が初めて海に出たとき以来の乗組員だろう」

「それはそうですが、最古参と言っても出来立ての艦なんですから、分隊士より二カ月ほど早いだけですよ」

「なァに、それだけでも大した違いさ。それで、どうだった」

「は、丸一日調べましたが、兵科の水兵には条件に合う者は居ませんでした。機関科も、山之内に聞いたところでは、そんなに小柄な兵は居ないようです」

「そうか。まあ、そんなことじゃないかと思ったよ」

池崎が残念そうな気配も見せずそう言ったので、野々宮は意外そうな顔をした。

「分隊士は、そういう者は見つからないと承知しておられたんですか」

だったら何で手間をかけて捜させたんだ、と野々宮がむっとするのを見て、池崎はそうじゃないと手を振った。

「兵科とか機関科とか、フネを知り尽くした連中じゃないような気がしてね。確実だとまでは言えないから、一応確認してもらったんだ」

「それじゃ一体……」

言いかけた野々宮は、池崎が天井、つまり上甲板の方を指で示すのを見て、眉を上げた。

「ははあ、航空の方の連中ですか」

野々宮はいくらか得心したように、小さく頷いた。

「飛行機の搭乗員などではないだろう。銀蠅などせんでも、彼らは待遇がいいからな」

「とすると、整備兵ですか。整備科には知り合いが少ないんですが……そうだ、看護科の三等兵曹に、整備兵で頭の怪我か手や顔の火傷を治療しに来た者が居ないか、聞いてみましょう」

野々宮はやはり飲み込みが早い。池崎は満足して、済まんが頼む、と拝む仕草をした。


「居ましたよ分隊士。さすがですねえ、おっしゃる通りでした」

医務室から戻った野々宮は、意気揚々と報告した。

「頭の傷を軍医に見てもらっていた、若松という三等整備兵です。ラッタルから落ちたと言っていたそうですが。これがまた、小学生かと思うくらい小柄で、顔と手に軽い火傷を負っていたらしいですが、軍医が尋ねても、これは大丈夫ですと言い張って、火傷については治療を受けなかったようです」

「そうか、どんぴしゃりだな」

池崎は会心の笑みを浮かべた。

「その三等兵、内緒でこっちに呼べないか」

「内緒で、ですか」

野々宮は眉間に皺を寄せた。

「三等兵が上に黙って姿を消したら、後で問題になりますよ。倉庫に忍び込んだかどうか確かめるなら、主計長から整備長に話を通して出頭させたらよろしいのでは」

「そうなると大ごとになって、処分だ何だと一騒動だ。それは避けよう」

池崎は最上での一件を思い出していた。あのときは先任伍長の判断で丸く収めたが、今度もそうなるとは限らない。今は、戦が近いという感触に、誰もが神経を高ぶらせているのだ。

「主計倉庫の用事で小柄な人間が必要だとか何とかで、人手を借りる形にできんか」

「うーん……わかりました。何とかしてみます」

野々宮は首を捻りつつ、下部格納庫へと出かけて行った。


野々宮は二十分ほどで戻って来た。整備班長は怪訝な顔をしたが、結局は頼みを聞いてくれたそうだ。夕食後になると思うが、手が空いたら若松をそちらに行かせる、とのことである。池崎は礼を言った。野々宮はやはり頼りになる助手である。

若松が来たと野々宮が報告してきたのは、夕食後十五分ほどのことだった。池崎は倉庫に連れて来るよう言い、自分もすぐに向かった。

野々宮と一緒に倉庫に現れた若松は、小学生並みというのは誇張としても、平均的体格より二回りくらい小さく見えた。よく徴兵検査を通ったものだ。心なしか青ざめ、敬礼する姿もどこかおどおどしているように見える。どうやら、何故倉庫に呼ばれたか、察しがついているのだろう。扉の鍵を開けた粕谷が、若松をじろりと睨んだ。若松は目を伏せている。

「よし、入れ」

池崎が一同に命じ、野々宮と粕谷は若松を挟むようにして倉庫に入った。奥の通風孔の下近くまで行ってから、池崎は若松に向き直った。

「さて若松。頭の傷の具合はどうだ」

いきなりそう聞かれて、若松の方がびくりと動いた。

「は……はい、全く大丈夫です」

「そうか」

応じながら、池崎は直立不動になっている若松の左手に目をやった。手の甲が、赤くなっていた。

「左の袖をまくってみろ」

若松がまた、びくりとした。だが、士官の命令には逆らえない。観念して、勢いよく袖をまくり上げた。思った通り、腕の外側全体が赤くなっていた。

「それは火傷だな」

「そ……そうです」

「顔の左側もだいぶ赤いな。痛むんじゃないのか」

「いえ、それほどでもありません」

「やせ我慢して軍医の治療を断ったのは、なぜ火傷したのか聞かれると困るからか」

「いえ、そんなことは……」

「じゃあ、どうしてそんな火傷をしたのか、言ってみろ」

「ええとこれは、私の不注意でしてその、熱いままの艦爆（艦上爆撃機）のエンジンに触れまして……」

しどろもどろになりかけている若松に、池崎が口調を強めて言った。

「それなら、火傷するのはエンジンに触れた部分だけだろう。そんな広範囲になるもんか」

若松は青くなって口を閉じた。

「正直に言え。お前は一昨日の夜、通風孔を通ってここに侵入しただろう。そのとき、通風孔の奥で配管から蒸気漏れが起きて、たまたまそこに居たお前は熱い蒸気を浴びちまったんだな。違うか」

若松は目を丸くしたが、やがて俯き、消え入りそうな声で「その通りです」と答えた。

「お前、ここへ何しに入った。やっぱり銀蝿か」

野々宮が前に出て詰問した。若松は俯いたまま「はい」と言った。

「よし、一昨日の夜何をしたか、最初から最後まで全部話せ」

若松は順を追って話し始めた。

「一昨日の午後、上の人たちから夜食の調達を命じられまして」

おそらくは酒保で調達した酒類のつまみだろう。若松は体が人一倍小さいうえ、仕事の要領もあまり良くなかったので、しょっちゅうビンタを受け、からかいの対象にもされているそうだ。

一昨日は銀蠅を命じられたのだが、この艦に乗組んで日の浅い若松には、主計科に伝手がない。それでも要領のいい兵は、何とか機転を利かせて物を調達してくるのだが、若松にはそういう芸がない。考えあぐねていると、昼間に機関科の連中が、蒸気漏れで主計科の倉庫に漏水するところだった、と話していたのを思い出した。もしかして、自分の体格なら配管の道筋を通り、通風孔から倉庫に行けるのではと思い付いたのである。そこで、同じ技術畑のよしみで話ができる機関兵から配管のことを詳しく聞き出し、夜遅くになって通風孔に潜り込んだのだ。

「ところが、分隊士が言われた通り、蒸気漏れがまた起こりまして、火傷してしまいました。前回より漏れた量は多かったらしく、私も濡れ鼠（ねずみ）になり、主計倉庫へも水が流れ落ちてしまったんです。でもそのまま引き下がるわけにもいかず、何とか倉庫の通風孔へ出て、金網の間から指を出し、用意したネジ回しを使ってどうにかネジを緩め、金網を外しました。ところが、外した金網を落としそうになり、慌てて押さえたところ、体が通風孔の外へ落ちてしまいました。木箱に手をかけたんですが、箱ごと崩れ落ちまして」

「ははあ、それで落ちた拍子に木箱に頭をぶつけ、脳震盪（のうしんとう）を起こしたんだな」

「おっしゃる通りです。しばらく気を失っていたんですが、扉の鍵が開けられる音で気が付きまして、慌てて起き上がったんです」

「それを粕谷に見られたわけか」

池崎は粕谷に顔を向けたが、粕谷はどう答えていいかわからない様子だ。

「いやしかし、粕谷はかなり背が高く大柄だったと言ってましたが……見間違いかな」

首を傾げる野々宮を尻目に、池崎は先を促した。

「で、起き上がってどうした」

「はい、見つかってはいけないと思って通風孔に戻ろうとしたんですが、箱に乗ったとき扉が開きまして、ついその方を向いてしまい、そちらの粕谷さんと目が合ってしまったんです」

「ほらな、そういうことだ」

池崎は口元に笑みを浮かべて、野々宮と粕谷を見た。

「つまりその……若松は木箱の上に乗ったので、扉のところから積み上げた箱越しに上半身の一部だけ見た粕谷には、ひどく背の高い男に見えた、ということですか」

納得した野々宮が、何でそんなことに気付かんのだという目で粕谷を睨んだ。粕谷はさっと目を逸らした。池崎は若松に、構わず続けろと言った。

「目が合ってこれはまずい、と思ったんですが、粕谷さんがそのまま急いで出て行ったので、今のうちだと、自分が落ちた拍子に壊れた箱から缶詰を失敬しまして、必死で箱から通風孔によじ登ったんです。箱の上に置いた金網を引っ張り上げるのは大変でしたが、何とかやりおおせました。ですが、ネジを完全に締め切らないうちに通路の方で足音がしまして、粕谷さんが戻って来たと思って、そのまま逃げたんです」

「それで終わりか」

「は、はい、そうです」

　言い終わってから若松は、改めて姿勢を正し、「申し訳ありませんッ」と叫んで体を二つ折りにした。

「やれやれ、やっぱり飛んだ枯れ尾花でしたね。まったく、鼠小僧でもあるまいに、無駄に器用な真似をしおって」

　野々宮が大きく溜息をついた。わかってみれば、難しい話は何もない。それから野々宮は若松にそこで待てと言い、池崎を倉庫の隅に誘った。

「さて分隊士、この始末はどうしましょうか」

「うん、こいつは大ごとにはしたくない。そのために整備長を通さずにこっそり若松を呼んだんだからな」

「それでは、不問に？」

野々宮はそれでいいのか、判断に迷っている様子だ。が、池崎はそれでいい、と重ねて言った。

「表立って大ごとにすると、こっちも困るからな」

「こっちも？」

野々宮はちょっと不審げな顔になったが、すぐ「承知いたしました」と頷いた。

「若松、こっちへ来い」

野々宮が手招きすると、若松が飛んできた。まさに鼠のような動きだ。二人の前に立つと、若松は覚悟したように直立不動になり、顎を引いた。

「よく聞け。今回のことは、池崎分隊士の特別の配慮により、不問にする。分隊へ帰っても、余計なことは一切言うな。言うまでもないが、二度とこんな厄介事を起こすんじゃない。わかったか」

若松は、何の処分もされないと聞いて一瞬、呆気に取られたような表情になった。が、慌てて顔を引き締め、両手をぴしっと揃えて深々と頭を下げた。

「ありがとうございますッ」

「よし、わかったらさっさと行け」

野々宮が顎で扉を示し、若松は敬礼してから大急ぎで出て行った。まるで、愚図愚図しているうちに池崎の気が変わるのを恐れているかのようだった。

「あの、これでこの件は終わり、ということでよろしいのでしょうか」

若松の後ろ姿を見送ってから、粕谷が確かめるように聞いた。

「分隊士がそう言われるんだ。この話はここまでだ」

「そうですか」

粕谷は何か複雑な表情で、ほうっと息を吐いた。それは若松が無罪放免されたのを不満に思うと言うより、どこか安堵（あんど）しているように見えた。

「よし、お前も持ち場に……」

戻れ、と野々宮は言いかけたのだが、そこに池崎の鋭い声が飛んだ。

「まだ終わっとらんぞ」

終わっていない、の一言に、野々宮と粕谷は驚いて背筋を伸ばした。二人の顔には当惑が浮かんでいる。池崎は粕谷に目を向け、睨みつけた。

「この幽霊騒ぎを作り出したのは、粕谷、お前だ。わかってるだろう」

「えっ」

粕谷の目が見開かれた。

「は、確かに若松を幽霊と見誤ったのは私です。そのことは誠に不甲斐（ふがい）なく……」

「そういうことを言ってるんじゃない」

弁解しようとする粕谷を遮って、池崎はぐっと顔を近付けた。

「最初に見たときはともかく、お前はすぐ後で、あれが幽霊でなく銀蝿だと気付いていたはずだ。なのに幽霊を見た、で押通そうとしたな」

「どっ、どういうことでしょうか。なぜ私がそんなことをする必要が」

「若松を幽霊だと思って腰を抜かし、扉を開けっ放しにしたまま持ち場を放棄したことを誤魔化すためさ」

粕谷の顔が、蒼白になった。

「い、いえその、自分は一旦兵員室へ行きましたが、すぐに戻って……」

池崎はその先を言わせなかった。

「最初に若松を幽霊と見誤って驚き、倉庫を飛び出したまではいい。鍵のかかった倉庫に人が居るなんて思ってもいなかったろうからな。まして若松は高温の蒸気で顔を腫らしたうえ、水浸しだ。電灯も薄暗い。誰だって仰天するだろうさ。だが、問題はその後だ」

粕谷は呆然として、黙ってしまった。野々宮は驚きより、興味津々の様子で聞き入っている。

「一度逃げ出した後、兵員室で我に返り、お前は倉庫に戻った。が、そのときはもう若松は通風孔に逃げ込んでいた。恐る恐る中を調べると、木箱が落ちて壊れ、缶詰が盗られているのに気付いた。そこでお前は、幽霊と思ったのが銀蠅をしに来たどこかの兵だと悟ったはずだ。違うか」

粕谷はしばし、声が出ない様子だった。しかしついに、一度目を閉じると、「申し訳ありません」と情けない声を出して、俯いた。

「粕谷、お前……いや、分隊士、どうしてわかったんです」

野々宮がまだ事情を把握できないようで、池崎に聞いた。池崎は粕谷を見つめたまま、それに答えた。

「あの缶詰の木箱だ。若松は逃げるとき、落とした木箱を積み直したとは言わなかったな。木箱を積み直してその上に金網を載せたなら、通風孔に入ってから手を伸ばせば簡単に取れたはずだ。大変だった、などと言うことはない。それにあの箱は、我々が調べに入ったとき、二人がかりでも動かすのに力がいったろう。小柄で非力な若松が、一人で積み直すなんてできるもんか。だが、粕谷なら一人でも何とかできたはずだ」

「それじゃ粕谷は、我々が調べたとき、缶詰が盗られたことを知っているのに、たった今気付いたようなふりをしたんですか」

野々宮は粕谷を苦々しげに睨んだ。

「つまりお前は、銀蠅を報告すると持ち場を放り出した自分の責任も問われるから、隠してしまおうとしたんだな。だが、幽霊については一度口にしてしまった以上、間違いだったと言えば沽券（こけん）にかかわる。それで幽霊話だけで収めようとしたのか」

「幽霊を見て何もかも放り出し、一目散に逃げたとなったら、二等兵や三等兵に示しがつかんからなあ。鬼の古参兵も台無しだ」

池崎が揶揄するように笑うと、粕谷は真っ赤になった。

「道理で、俺が直接この件を調べようと言い出したとき、嫌そうな顔をしたはずだ。最悪の場合露見するかも、と思ったんだろうが、結局その通りになったな。隠し事なんて、なかなかできんものさ」

改めて粕谷を睨みつけてから、池崎は野々宮に顔を向けて言った。

「よし、野々宮兵曹、粕谷の処置は任せる」

「え？　は、はい。あの、主計長には」

「主計長にこんな馬鹿な話ができるか。先任伍長を煩わせることもあるまい。主計科の下士官で処置してくれ」

「承知しました」

野々宮は了解し、粕谷に怒鳴った。

「粕谷！　部屋に戻って、呼ぶまでおとなしくしていろ。覚悟しておけよ」

震え上がった粕谷は、「はいっ」と大声で返事したものの、がっくり肩を落としてよろよろと倉庫を出て行った。

「いやあ分隊士、お見事でした。快刀乱麻を断つ、というのはまさにこのことですかね」

「持ち上げ過ぎだ。難しい技術を使ったわけでも何でもないぞ」

「同じものを見ていたのに、自分はほとんど気付きませんでした。今井兵曹の言っていた通りですね。自分にはとても真似できません」

「だからそうおだてるなって」

池崎は眉根を寄せて手を振った。野々宮は本気で感心しているようで、どうにも面映ゆかった。

「しかし何だなあ。この非常時に、連合艦隊の第一線にある艦の中だというのに、下世話と言うか、つまらんことをする奴がいるもんだなあ」

話を変えようと、池崎は慨嘆するように言った。

「下世話ですか、うーむ」

野々宮は、少し考えるような表情をした。池崎は、おや、と思った。野々宮の受け止め方は、また違ったもののようだ。

「そうですねえ。分隊士、この艦には千七百人近い人間が乗ってるんです。自分の生まれた村よりずっと多いんですよ。女が居ないことを除けば、一つの町みたいなもんです。非常時であっても、みんな飯は食うし、風呂も入るし、便所も行きます。生きてる以上、軍艦であっても下世話なことは付きものなんじゃないですかねえ」

池崎は胸の内で唸った。野々宮の言う通りだ。軍艦の中だろうと戦時だろうと、そこに人が居るからには、生活があるのだ。軍隊としての課業だけで、人は生きているわけではない。だから娑婆の町と同じように、ここでもいろんなことが起こるのだ。野々宮の言葉は、改めて池崎にそれを思い出させた。

翌日、粕谷は主計長の承認を経て、倉庫係から烹炊所へ担当替えになった。理由は下士官たちが適当にこじつけた。とは言うものの、兵たちの間では様々に噂が飛んでおり、当分の間、粕谷はかなり居心地の悪い思いをするだろう。若松の姿は、その後池崎が転勤になるまで見ることはなかった。

その間にも、瑞鶴は北へ北へと進んでいた。

「いったいどこまで北上するんですかね」

高角砲座のあるデッキで寒風に吹かれながら、野々宮が呟いた。中甲板の喫煙所で一服した後、外気を吸いに来たところで池崎と出くわしたのだ。

「分隊士、一つ行き先を推理していただけませんか。幽霊事件より簡単でしょう」

「何が簡単なものか。軍機に関わる話だぞ」

池崎はわざとらしく野々宮を睨んだ。野々宮が首を竦める。

「まあこの様子じゃ、取り敢えずは千島かな。その先はわからん」

戦となれば相手は米英だろう。しかし、それなら主戦場は南方になるはずだ。北にはソ連があるが、こんな季節にソ連に攻め込むなどとは思えない。これは目くらましなのか。それとも、米英の目を盗んで、極秘に大規模な訓練を行うつもりか。

「分隊士でもわかりませんか」

「黙っていてもそのうち発表される。焦らずに待てばいい」

池崎はそれで話を終わらせた。空は相変わらず鉛色で、吹く風には時折り雪が混ざった。見渡す限りの白い波頭。その重なる先には、何が待っているのだろうか。

瑞鶴はその日のうちに、択捉島(えとろふとう)の単冠湾(ひとかっぷ)に入った。そこには、一旦佐伯湾に集まってから出て行った艦が何隻も、先に到着していた。それらの艦に乗っている将兵は皆、そこが目的地でないことは承知している。そしてその何割かは、ここに集まった艦隊がどこへ行こうとしているのか、既に知っていた。瑞鶴の乗組員がそれを正式に伝えられたのは、さらに翌日のことである。昭和十六年、十一月二十三日だった。

それから十五日後の未明、ハワイ北方およそ四百キロの海域で、飛行甲板に立った池崎は、発進して行く三十一機の攻撃隊に向かって、ちぎれんばかりに帽子を振り続けた。

第四話

踊る無線電信

――給糧艦間宮／航空機運搬艦三洋丸――

（きゅうりょうかん まみや）※
級名
給糧艦
竣工
1924年7月15日
最期
1944年12月21日
沈没
排水量
15,820トン
全長
130 m
最大幅
19.9m
出力
10,000馬力
速力
14ノット（満載状態）
乗員
284名
※三洋丸は架空の艦です。

控え目なノックの音がした。

自室で、少し早いがそろそろ寝るかと思っていた池崎は、ノックに答えた。失礼します

「入れ」

という声で扉が開き、従兵が顔を覗（のぞ）かせた。

「あのう主計長、艦長がお呼びです」

「ああ、そうか。わかった」

予想通りだったな、と思い、池崎は苦笑した。今夜も酒に付き合わされるらしい。

池崎は通路へ出て、扉を閉めた。昭和十七年三月、内地ではもうじき桜の便りも聞こえようかという季節だが、今、この艦の舷側（げんそく）に沿う吹きさらしの通路は、暖かい南海の潮の

香りに満ちている。波は穏やかで、空は満天の星だ。池崎は大きく息を吸い込み、一つ上の甲板、艦橋後方にある艦長室へ向かった。

扉を叩き、「主計長です」と告げると、すぐに中から福原修艦長の少し高めの声が応じた。

「おう、来たか。まあ入れ」

「失礼します」

扉を開けて一歩入ると、テーブルの上にはウィスキーの瓶とグラス、水差しとつまみ代わりの乾パンが用意され、福原艦長は琥珀色の液体で満たされたグラスを、顔の前に捧げ持っていた。そしてグラスを持った手を前に出して、池崎に座れ座れ、と促した。

「明日の午後にはパラオだ。間宮が来ているらしいな」

福原は池崎のグラスにウィスキーを注ぎながら言った。池崎は恐縮しつつも内心困りながらグラスを受けた。池崎としてはウィスキー1に水2ぐらいの割合にしたいのだが、福原はいつもウィスキーをなみなみと注いでくる。

「そのようです。夕方までには食糧搭載を済ませたいと思いますが」

「うん。明日は半舷上陸にするつもりだ。お客さんがパラオに着くのは明日で、こっちに乗って来るのは明後日の朝だからな」

お客さん、とは航空隊の搭乗員と整備員たちのことだ。マニラから別の輸送船でパラオに着き、こちらの艦に乗り換えて、増強兵力としてラバウルに向かうのである。

今、池崎が乗っているこの艦は、海軍艦艇ではあるが、戦闘を生業とする艦ではなかった。艦の名は、航空機運搬艦三洋丸。名前からすると飛行機を運んでいるように思うが、主な役目は航空隊の要員と飛行機の部品や燃料の輸送であり、現在もラバウルへ届ける部品類を大量に積んでいた。船倉の上部には、数百名の航空要員を乗せる居住区が設置されているが、パラオまでは貨物だけなので、そこは空である。池崎ら乗組員にとっては、気楽な航海であった。

もちろん、気楽と言っても戦争中である。横須賀からパラオまでは三千キロ、護衛も付かない単独行であった。制海権、制空権は我が方にあるとは言え、敵潜水艦の危険は常に存在する。見張り員は気を抜くことができない。だが、それ以外の乗組員は緊張を強いられる状況にないうえ、もともとこぢんまりした所帯の家族的な艦である。池崎が今まで乗ってきた戦艦、重巡や空母に比べれば、格段に雰囲気は緩かった。

「そう言えば主計長も本艦に来てもう一カ月か。早いもんだねえ」

四十過ぎでかなり太めの福原は、いつもの穏やかな笑みを浮かべて言った。およそ争い事を好まない温厚な人物で、その性格のせいなのか、海軍兵学校の席次もだいぶ下の方だったらしい。出世争いに無縁で、結局海軍大学校も行かず、兵学校の同期生には艦隊参謀長や駆逐隊司令も居るのに、こんな地味な艦の艦長に甘んじているのだ。本人はそれを悔やんでいる様子もない。軍人には本来向いていないのではと思うのだが、まあ、人にはいろいろあるのだろう。

「いやあ、せっかく瑞鶴に乗っていたのに、こんな裏方の艦に回ってもらって、済まんと思ってるよ」

「いや、済まんなどと言わないで下さい。どういう艦にもそれぞれに重要な役割があるのだと思っていますから」

池崎は型にはまったような返事をしたが、内心は確かに複雑であった。

真珠湾攻撃から戻った瑞鶴は、その後南方に進出し、ラバウル攻略作戦に参加した。損害も少なく、難しくない作戦だったが、作戦終了後に池崎は異動を命ぜられたのである。瑞鶴に乗ってから数カ月しか経(た)っていなかったが、開戦以降、作戦艦艇が増え続け、主計士官の数が足らなくなってきた。そこで池崎も、主計長の員数を充足させるために引っこ抜かれたのである。同時に階級章の桜も一つ増え、大尉に進級していた。

福原の言うように、華々しい活躍をする主力艦から地味な裏方の艦に回るのは、昇進したにも拘(かか)わらず左遷されたような気分がした。だが、悪いことばかりではない。大型戦闘艦と違って、むやみに規律にうるさくないせいもあり、自分の思った通りに仕事ができた。また、栄えある第一航空艦隊の一員として真珠湾攻撃に参加したことは、池崎の経歴に大いに箔(はく)をつけていたので、周囲から尊敬の眼差(まなざ)しを注がれることも多かった。

「正直なところ、居心地はずいぶんといいのです」

「そうか。そりゃあ、何よりだが」

福原は、世辞だろうと言うように、ふっふと笑った。

「まあ、大抵の軍艦より居住性がいいのは間違いないからねえ」

三洋丸は、軍艦と言うより貨物船に近く、外見も貨物船そのものだ。それもそのはずで、十年ほど前に建造された民間の高速貨物船を徴用し、改装を施したものなのである。改装されたのは、船倉など役目に必要な部分だけで、艦長室などはもとの船長室をそのまま使用していた。池崎の部屋も、事務長室だったところである。大きな戦艦も戦闘装備優先で、乗組員の居住区は窮屈なのだが、もと民間船のこの艦では、だいぶ余裕があった。

「主計長は、横浜の方の出だったかね」

福原が急にそんなことを言い出した。

「はい、横浜と言ってもだいぶ南の方で、田んぼや畑のある田舎でして。無論、港の方などは見えません」

「そうか。儂(わし)ゃあ、下総(しもうさ)の海辺の出でな。ちょうど君のところとは、東京湾を挟んで対岸になるなあ。岬の方へ出とると、横須賀に出入りする軍艦がよく見えてなあ。艦が見えたら近所のガキどもと集まって、懸命に手を振ったよ。汽笛が鳴ることもあってな。ありゃあ、儂らが手を振るのを見て鳴らしてくれたんだ、なんて無邪気に信じとったよ」

「それで、海軍に入ろうと思われたわけですか」

「うん、まあ、そうかな。従兄が海軍に行っとったもんで、それ見て恰好がいい、と思ったこともあったかな。その従兄ももう退役して、儂もだいぶ古狸になってしまったが」

福原は苦笑気味に言って、旨そうにウィスキーを啜った。どこで調達したか、本物のスコッチである。福原は毎晩、これで晩酌しており、飲み相手は日によって池崎であったり、機関長であったり、軍医であったりした。池崎は暇な上司との付き合いと割り切っていたが、機関長などはこのスコッチを結構楽しみにしているようだ。

「主計長は経済学部だったなあ。やっぱり民間の大きな会社を目指しとったのかね」

福原の言うように、帝大の経済学部であれば、三井・三菱のような財閥や、満鉄、日銀などを目指すものが多い。池崎は少し違っていた。

「いえ、実は会計士か税理士に、と考えていました。父がその仕事でして」

「ああ、そうか。その事務所を継ぐわけだな」

福原は納得して頷いた。池崎は、はい、と答えたが、実はそれほど確信を持って選んだ道ではなかった。考えた末に父の仕事を、と言うより、漫然とそんなものだと思って、流されるように進んだのだ。

だが、大学に入ってみると、それなりの信念を持って道を選んだ連中を大勢、目にすることになった。流れに乗るだけの池崎らのような者たちと違い、進むべき道を明確に意識している彼らにとっては、この戦争は迷惑千万なものかも知れない。

「しかし、短期現役士官なら二年で娑婆に戻るはずだったのに、当分は戻れんかも知れんな」

福原は同情するように眉を下げた。池崎は急いでかぶりを振った。

「いえ、もう今は戦時です。このまま御奉公するのが当然です」

実際に、士官不足を補うため、短現士官の勤務期間はほぼ自動的に延長され、池崎の同期も皆、第一線で勤務に就いている。池崎自身も、瑞鶴で真珠湾へ向かう攻撃隊を見送ったときの昂揚が未だに尾を引いているものの、次第に戦争の現実を身をもって感じるようになっていた。後方任務の艦であっても、敵にとっては等しく攻撃目標である。こうしてグラスを傾けている僅か数分後に魚雷を食うことになるやも知れず、生きて還れるかどうかは、天命としか言いようがなかった。

もっとも、目の前の福原からはそのような緊張感は微塵も感じられない。それは人徳なのか、もともと鷹揚だからなのか、池崎は測りかねていた。

「まあまあ、そう肩肘張ることもない。君らは未来永劫、海軍に居るわけではないんだし、戦が終わった後のことを考えるのも大事だよ」

「はい。ですが……」

今は勝つためにいかに微力なりと捧げられるかが肝要では、などと言いかけたのだが、福原は先を読んだように手で制した。

「若い者はどうもせっかちでいかんね。お国は君らに、国に尽くしてくれとは言っとるが、死んでくれと求めているわけではない。威勢のいい奴に限って、その辺の区別がはっきりしとらん」

福原の温厚な顔が、一瞬曇ったように見えた。が、すぐに瓶を持ち上げると、まだ四分の一も減っていない池崎のグラスにスコッチを足した。

「心配せんでも、パラオまでは何事も起こるまいよ。ゆっくり飲め」

はい、と言ってまた一口啜ったが、池崎はそこまではっきり楽観していいのだろうか、と思った。独航中の艦は、敵潜水艦に出くわすと、相手が攻撃を諦めるまで逃げ続ける以外、ほとんどなす術がない。前甲板と後甲板に十四センチ砲が一門ずつ装備されているが、気休めに近いと池崎は思っていた。

「楽できるときは楽すればいい。この先、心配することは幾らでも出てくるだろうからな」

福原は池崎の気分を軽くするように言って、笑った。が、池崎は少し違う受け止め方をした。

（この先、心配は幾らでも、か）

後になって思えば、福原にはこのとき既に、戦争の行く末が正確に見えていたのかも知れなかった。

翌日の昼前、福原が言ったように何事もなく、三洋丸はパラオ泊地に入って錨(いかり)を下ろした。

「ふうん、いかにも南洋だなあ」

上甲板からコロール市街の方を見た池崎は、単純な感想を漏らした。パラオには高い山がなく、島の緑の稜線(りょうせん)は瀬戸内海を思わせるが、樹々(きぎ)の向こうに垣間見(かいまみ)える建物と、周辺に植えられたヤシの木は、まさしく南洋風であった。

「主計長はパラオは初めてでしたね」

傍らに立つ大戸恒夫(おおとつねお)三等主計兵曹が声をかけてきた。三洋丸が航空機運搬艦として戦列に加わったときから乗組んでいる古株である。

「うん。大戸兵曹はこの艦で一度、来ているんだったな」

「はい。去年の夏です。九七大艇と水上機の予備機材と燃料を大量に持って来ました」

パラオには水上機と飛行艇の基地があり、開戦前から大幅に増強されていた。今回は、パラオで下ろすものはなく、積むだけだ。

「さあ、仕事にかかろうじゃないか。まずはあれだ」

池崎は泊地の先に居る艦を指差した。泊地には数隻の駆逐艦が碇泊(ていはく)中だが、その艦は風景の中に異彩を放っている。見た目は旧式の貨物船のようだが、海軍、特に外洋に出ている艦隊にとって、なくてはならない艦であった。給糧艦、間宮である。

　間宮の仕事は、母港から遠く離れた艦隊への食糧供給である。艦内の倉庫に一個艦隊を三週間食わせるだけの食糧を搭載できるだけでなく、パンや豆腐、羊羹などの製造工場も持っていて、専門の職人が大勢乗組んでいた。加えて、大規模な医療設備も備え、病院船の代わりもできる。遠く外地に遠征する艦隊乗組員にとっては、実に有難い艦なのである。

　池崎は大戸と一緒に内火艇に乗り込み、間宮へ向かった。帝国海軍に給糧艦は間宮の他、真珠湾攻撃の数日前に就役したばかりの伊良湖があるだけだ。その二隻で出動中の全艦艇に補給して回るのだから、なかなか大変である。昔から馴染み深い間宮は大人気で、上手く立ち回らないと、望むだけの食糧を受け取れないこともある。

　幸い、今回は他に在泊艦艇が少なかったのと、航空隊の要員多数を乗せていくことになっていたので、比較的潤沢に食糧を回してもらえた。肉や味噌や豆腐を内火艇に満載し、安堵しながら池崎と大戸は三洋丸に戻った。間宮特製の羊羹も、もちろん積んでいる。

「順調にいきましたねえ、主計長」

　滞りなく補給ができたことに満足した大戸が、笑みを浮かべた。池崎も機嫌よく応じた。

「そうだな。この食糧の搭載が終われば半舷上陸だ。今日は気分よく羽を伸ばせるぞ」

「ありがたいこってす」

「知ってるか。間宮の中じゃ、一日にアンパンを一万個、最中を六万個作れるそうだぞ」

「へえぇ、そりゃあ凄いですね。陸の製パン工場より上手だ」

「あぁ、まったく有難い艦だよな」

このときは意識していなかったが、実は間宮にはあまり有難くない機能も備わっている。そのためにパラオ在泊中、池崎らは振り回されることになる。


食糧搭載も半舷上陸も無事終了し、当直で艦に残っていた連中は翌日の自分たちの半舷上陸を楽しみに、眠りについた。さすがに泊地の中では潜水艦を恐れる必要はない。揺れることのないベッドで、池崎も熟睡した。何事もない平和な南洋の夜である。が、三洋丸では何事もなかったわけではないことが、翌朝判明した。

「失礼します。主計長、艦長がお呼びです。急いで下さい」

従兵の声に、わかったと応答しながら池崎は首を傾げた。まさか、朝っぱらから一杯付き合えというのではあるまい。と言って、急に呼ばれるような事態に心当たりはなかった。

訝しみながら艦長室に行ってみると、驚いたことに、そこには副長、通信長、先任衛兵伍長らが集まり、福原艦長が手にした一枚の書面に視線を向けて、しきりに首を捻っていた。当の福原は、普段温和な顔に、明らかな困惑を浮かべている。

「おう、主計長、来たか。どうも妙な話があってな」

福原は池崎の顔を見るなりそう言って、持っていた書面を示した。

「さっき、間宮からこんなことを言って来おった」

「間宮から、ですか」

池崎は少しばかり不安になった。昨日の食糧補給に間違いでもあったのだろうか。緊張して書面の内容を見たが、食糧の話ではなかった。むしろそれより面倒な話と言えた。

「これは……本艦から、妙な発信があったという話なのですか」

池崎は書面から顔を上げて一同を見回した。副長は眉間に皺を寄せ、通信長は福原艦長以上に困惑していた。

「つまり、間宮がその妙な発信を傍受したと」

給糧艦間宮は、艦内に何台も受信機を持ち、常時何人もの通信員が張り付いて、艦隊の通信状況を監査する役割も持っている。そこで昨日の夜中に、この三洋丸から奇妙な発信があったのを捉えたのだ。

「通信は傍受したものの、全く意味をなさないものだったようだ。仮名にもアルファベットにもなっていない。ただ乱雑に電信鍵を叩いただけ、という感じだ。しかも、途切れ途切れだ」

副長が苦い顔で言った。池崎は、去年の重巡最上での出来事を思い出した。あのときも意味をなさない通信が送られたのだが、あれは発光信号だった。今回のは、無線電信らしい。

「しかし、そんな得体の知れない発信を、いったい誰がどうやって」

池崎は通信長の片倉功中尉に目を向けた。通信機には、当然ながら常時通信兵が張り付いている。当直下士官も居る。勝手に変テコな発信などできるはずはない。

「本艦の通信室からそんな発信が行われたなど、絶対にありえません」

片倉は池崎の視線を捉え、胸を張った。池崎が呼ばれる前から、艦長や副長に問われて何度もそう答えているのだろう。声音に自信が窺えた。

「いや……ちょっと待て」

池崎はあることを思い出した。この艦の通信機は、一台だけではない。

「本艦には予備の通信室があるよな。そこの通信機が使われた、ということはないのか」

貨物船を改装した三洋丸は、海軍制式の無線通信機を搭載しており、艦橋後方の、便乗者用の船室だったものを改造した通信室に収められている。その一方、貨物船時代の通信室はそのまま残っており、以前の民間用通信機も据えられたままだった。位置があまり良くなかったので、改装で新たな通信室を作ったのだが、古い通信室もせっかく機材があるのだからと、予備通信室として使うことにしたのである。あくまで非常用であるから、普段は施錠して誰も配置されてはいない。

「予備室は昨夜も施錠されたままです。　鍵は通信室で保管しています。　勝手に使われたはずはありません」

片倉はいかにも不本意だ、という顔をした。予備通信機が使われたかも、とは真っ先に片倉自身が考えて、施錠を確認しているに違いない。愚問だったかと池崎は思った。

「さて、こんな状況だ。昨夜何が行われたのか、また誰の仕業か、さっぱり見えん」

福原艦長は、さも困ったという風に首を振った。確かにこれは謎だ。しかし通信長にもわからないのなら、池崎としては相槌を打つぐらいしかできない。そもそも自分はなぜ呼ばれたのだろう、と池崎が訝しんでいると、福原はこちらをひたと見据えた。

「そこで主計長、君に突き止めてもらおうと思ってね」

「え、私がですか」

驚いたのは池崎だけではなかった。副長も片倉通信長も、揃って福原の顔を見て、それからまた揃って池崎の方を振り向いた。片倉は眉を吊り上げている。

「さっきから副長や通信長といろいろ話してみたんだが、埒が明かん。間宮から書面で警告してきた以上、何らかの調査結果を返さねばならんが、何もわかりません、という返事を出すわけにもいかんからな」

「それはわかりますが、なぜ私なのですか」

状況からすれば、これを解決するのは副長と通信長であって、主計長の仕事ではない。

だが福原は、そんなことは百も承知だというように、池崎に笑みを向けた。

「だってほれ、君は去年、最上に乗っていたときに似たような事件を解決したそうじゃないか。ひとつ今回も、その頭を働かせてくれんか」

「えっ……それをなぜご存知なのです」

池崎はぎょっとした。最上の一件で池崎がしたことは、当事者の向田一等主計兵と菊村主計長しか知らないはずだ。福原はいったい誰から聞いたのか。

「まあ、儂にもいろいろな伝手はあるんでな」

福原は意味ありげにニヤリとした。池崎は舌打ちしそうになるのを堪えた。この福原艦長も、好々爺然としながら存外、狸親父だ。

「では諸君、そういうことで本件は主計長に任せる。通信長は主計長の調べの手助けをするように」

福原はあっさりと解散を告げ、副長はどうも納得し切れない様子のまま、了解して艦長室を出て行った。池崎は命令に逆らうわけにもいかず、承知しましたと敬礼する他なかった。

「それで主計長、まず何をされますか」

艦長室を出たところで、片倉が聞いてきた。通信に関わることなのに自分が脇役にされたのが気に食わないのだろう、明らかな不満顔をしている。池崎より背が低く童顔なので、教師に不当な叱責を受けた後の中学生のように見えた。

「そうだなあ……とりあえず通信室に行って昨夜の話を聞こうか。俺は通信のことなんかずぶの素人だってのに、こんなお役目を押し付けられるとは思わんかったなあ。艦長は何を考えてるのか知らんが、困ったもんだ。通信長、済まんが、何とか迷惑かけんようにするから、助けてくれ」

片倉が不快なのは当然だと池崎も思うので、できるだけ低姿勢に出た。それで片倉も、多少は機嫌を直したようだ。

「主計長も変な話に巻き込まれましたねえ。まあ何とか、主計長の顔を潰さんようにしますよ」

池崎は、頼むよと拝む仕草をして見せ、片倉は頷いて先に立つと、通信室へ向かった。

三洋丸の通信室は、もとが客用船室だけあって割合広く、多くの機材を詰め込んでも、まだ余裕があった。潜水艦や駆逐艦の通信科員から見れば、随分と贅沢に映るだろう。

池崎と片倉が入って行くと、当直に就いていた通信兵曹と通信兵が立ち上がって敬礼した。

「おい、三苫を呼んで来い」

通信兵がその命を受け、レシーバーを外して走り出て行くと、片倉は振り返って池崎に説明した。

「昨夜、問題の時間に当直だったのが、三苫一水（一等水兵）です」

池崎はわかったと頷き、目の前に鎮座する通信機を眺めた。送信機と受信機があるのはわかる。頭に被ったレシーバーで受信し、机に置かれた電鍵とかいうものを叩いて送信する、というぐらいまでは知っている。だがその先はさっぱりで、機器に幾つも付いているメーター類が何を表わすのかも、よくわからない。複雑そうな機械に感心している池崎を見て、解説しましょうかと片倉が言った。

「いや、いいよ。どうせ聞いても半分もわからん。必要な部分が出てきたら、そのときに聞くようにするよ」

片倉はちょっと残念そうな顔をした。自慢の機械について高説をぶち、悦に入りたかったのかも知れない。

「あの、三苫が何かやりましたんでしょうか」

通信兵曹が心配げな顔になった。普段関わりのない主計長が通信長と連れ立って現れたので、何事かと思っているようだ。間宮から来た書面については、まだ下士官兵には伝えていない。

「いや、何かやったというわけではないが、昨夜の当直のときのことを、ちょっと聞きたくてな」

片倉が曖昧に言うと、通信兵曹は一瞬、眉間に皺を寄せたが、それ以上は聞かなかった。

そうしているうちに三苦一等水兵が駆け込んできた。

「通信長、お呼びでしょうか」

「おう、呼んだのは昨夜の当直について聞きたかったからだ。何も変わったことはなかったか」

「は？　はい、特に何もありません。定時連絡以外、送受信ともにありませんでした。業務日誌に書いた通りです」

三苦はわざわざそんなことを尋ねる片倉に、戸惑ったようだ。答えてからちらりと池崎を見やった。なぜここに主計長が居るのかと思っているのだろう。

「何か通常でない通信を傍受した、というようなこともないか」

池崎が聞いてみたが、三苦の返事はやはり「ありません」だった。他の艦から発信されたものを間宮が誤認した、ということはなさそうだ。もっとも、間宮の通信科員がそんな間違いをするとは思えない。

「お前は何時から当直に？」

「二四〇〇からです。〇六〇〇に交替しました」

間宮によると、問題の奇妙な通信は〇一二〇に発信されたそうだ。その時間に当直に就いていた三苦が何も気付かなかったと言うなら、この通信室が使われたのではないわけだ。池崎は三苦の顔をじっと見た。二十歳過ぎの生真面目そうな男だ。おそらく少年兵として海軍通信学校に入ったのだろう。まだニキビの残るその顔は、嘘をついているようには見えない。一緒に当直していた通信兵曹に確かめるまでもあるまい。

片倉がさらに二、三、機械の状態について確認してから、三苦を解放した。やはり問題はなさそうだ。となると、施錠されていたはずの予備通信室を調べる他ない。池崎がその旨を告げると、片倉は引き出しから鍵を取り出し、邪魔したな、と通信兵曹に言って通信室を出て行った。

池崎も続いて出ようとし、ふと何かを感じて振り返った。そのとき、三苦と目が合った。三苦はどぎまぎして、すぐ視線を通信機に戻した。やはり主計長が何をしているのか、気になるようだ。池崎は肩を竦め、片倉の後を追った。

予備通信室は、一層下の甲板の後方にあった。艦橋からは現在の通信室より離れているが、そう不便というほどでもない。しかし鍵を開けて入ってみると、部屋自体は一回り狭かった。海軍式の通信機や暗号機など一揃いを入れるのに、窮屈だったのだろう。通信機を入れ替える手間を省いたのかも知れない。

「ここは普段、全然使ってないのか」

「月に一回ほど、通信機の動作試験をしに来ていますが、それと大掃除のとき以外は施錠したままですね。鍵はさっき見た通り、通信室で保管してますし……あれっ」

幾らか面倒臭そうに説明していた片倉が、急に声を上げて通信機に駆け寄った。

「くそ、電源が入ってる」

「電源？」

池崎も通信機に顔を寄せた。見ると確かに、メーター類を内側で照らす小さな白熱ランプが点灯していた。

「主電源スイッチは？」

「これです」

片倉が左隅にある黒い突起を指差した。突起を上下させて入切する形のスイッチで、突起が上がって「入」の位置になっている。

「いつからこのままなんだろう。前に動作試験をしたのは？」

「二週間ほど前です。ですがその時は、終了時にちゃんと電源を切って、確認しています」

「ということは、昨夜誰かがここに侵入して、通信機を使った可能性が高いわけだな」

「ええ、その……そういうことに……」

「さっき点検しに来たんじゃないのか。そのときは気付かなかったのか」

「あー、実は、施錠を確認して、室内をちょっと覗いてみただけでして……」

片倉の顔に困惑が浮かび、声に緊張が出始めた。もし何者かが予備通信機を密かに使ったのなら、管理者である片倉の責任問題になってくる。

「しかし、昨夜もここは施錠されていたはずで」

池崎はそれには答えず、扉に戻って鍵穴の周囲を調べた。扉も鍵も貨物船時代のままで、だいぶ使い込まれて細かい傷がたくさん付いている。それでも、新しく付いた傷や、こじ開けようとした傷のように目立つものはなかった。

「絶対とは言わんが、やはり普通に鍵を使って開けたようだな」

「いや、それでは……」

片倉は反論しかけたが、有用な説を思い付かなかったらしく、語尾が消えた。鍵で開けたなら、怪しいのは彼の部下の通信科員ということになる。それは看過できまい。

「当直の目を盗んで部外の者が鍵を持ち出すのは、やはり無理か」

もしできたとしても、それはそれでやはり、通信科の管理責任の問題になる。

「無理、だと思います」

片倉は苦々しげに言った。それから首を傾げた。

「あの妙な通信がここから発信されたものだとすると、いったい何のためだったんでしょうか」

それは池崎にとっても大きな疑問だった。重巡最上での謎の信号は、意味の通らない並べ方だったが、一応仮名文字にはなっていた。ところが今回は、文字にすらなっていないという。もし暗号であれば、文字に対応する何らかの規則性がないと、暗号化も解読もできない。それは片倉の方がよくわかっているだろう。

「間宮が受信した電文は見たんだろう？」

「見ました。トン、ツーが無秩序に並んでいて、間隔も滅茶苦茶、電文なんて言えるもんじゃありません。頭のおかしな奴が、踊りながら打電したみたいで」

「踊る電信か。やれやれ」

池崎は頭を掻いた。やはりさっぱりわからない。福原艦長から調べろと言われたものの、自分は本職の探偵でも刑事でも何でもない。想像力にだって限界がある。とは言え、人目もあるし、お座なりにせず、熱心に捜査している格好ぐらいせねばなるまい。

「主計長、何をしてるんです」

しゃがみ込み、部屋の隅々を調べ始めた池崎を見て、片倉が呆れたような声を出した。

「こんな場合、犯人の痕跡がないかくまなく捜すのが、捜査の常道だろう」

池崎は構わず、通信機や机の下、壁際などを丹念に見ていった。この部屋は毎日掃除する場所ではないので、昨夜誰かが立ち入ったなら、溜まった床の埃に足跡が見つかるかも知れないと思ったのだ。しかし、隅っこ以外の床は、思ったより綺麗でほとんど埃がなかった。よく見ると、机の上もわりに綺麗だった。

「なあ通信長、床が綺麗過ぎると思わないか」

「え？　はあ、そう言われてみれば。足跡が残らないように、犯人が掃除したんでしょうか」

思っていたことを先に言われて、池崎は片倉を横目で睨んだ。

「かも知れん。だとすると、抜け目ない奴だな」

池崎は壁の隅に視線を這わせた。その視線が、一点で止まった。

「なんだ、これは」

池崎は指を伸ばし、視線を捉えたものを摘み上げた。目の前に持って来ると、すぐに正体が知れた。

「煎餅のかけらだな」

「煎餅ですって？」

片倉が眉を吊り上げ、池崎の指先を睨みつけた。神聖なる通信室で飲食した者が居るのか、と憤ってでもいるようだ。

「もう少し捜してみるか」

池崎は拾ったかけらを机にそっと置き、膝をついて壁沿いに進んだ。すると、食べ物のかけららしきものが、他にも見つかった。

「こいつは何だ。ハムの切れはしか。醤油がこぼれたような跡もあるな。この小さいのは、もしかして蒲鉾かな」

「あ、ここにも煎餅のかけらがあります」

後ろで、通信機の前の、電鍵が置かれた机の下を調べていた片倉が憤然とした声を上げた。

「犯人は煎餅を齧りながら送信したんでしょうか。怪しからん」

片倉にとっては、謎の通信を密かに打電したことより、煎餅を食いながら通信を行ったことの方が重罪なのだろうか。

「主計長、他にもまだありそうですか」

「いや、もうないな。後はネズミの糞くらいだ」

「ネズミは出入りしていてもおかしくはありませんね。貨物船時代から、ネズミはたくさん棲みついているでしょう」

「ふむ。ネズミはともかく、ここで誰かが飲み食いしていたのは間違いなさそうだ。一人二人ではないかも知れんな」

「えっ、ここであの通信をやった奴は、単独犯ではないと？」

片倉が目を剝いた。何人もがグルになって秘密の通信をやったとなると、只事ではない。

池崎は急いでかぶりを振った。

「慌てるな。通信をやった奴と飲み食いをした奴が、同じとは限らん」

「はあ？　別々にそんなことが？」

片倉はやや混乱したらしく、目を瞬いた。

「あの、主計長、何か考えがあるんですか」

「うん、まだ考えというほどでもないんだが……」

池崎の頭の中では、ある仮説が徐々に浮かび上がってきていた。が、それを形にするのにも、証明するのにも、まだ時間がかかりそうだ。

「艦長命令とは言え、ずっとかかり切りというわけにもいかんしな。マニラから来る航空隊の連中の受け入れも用意せにゃならんし」

独り言のように呟いて溜息を吐いてから、ここは取り敢えずもういい、と片倉に言って、池崎は予備通信室を出た。片倉は扉を施錠してから、二度もちゃんと閉じられているか確認した。

通信室へ戻りかけたところで、通信兵曹が池崎を見つけて駆け寄ってきた。

「主計長、ここに居られましたか。航空隊を乗せた輸送船から、通信が入りました。パラオ到着が、丸一日遅れるそうです」

「一日遅れる？　何かあったか」

「輸送船の機関に故障があったとのことで、修理のためどこかに碇泊したようです。艦長に報告したところ、主計長にもお伝えするよう言われました」

「そうか、わかった」

池崎は苦笑しながら、片倉の方を向いた。

「どうやら後一日、例の通信の件にかかり切りになれということらしいな」

「銀蠅（ぎんばえ）ですか？　昨日の食糧搭載以後は、ないはずですが」

池崎に問われた大戸主計兵曹は、明瞭（めいりょう）に答えた。

「そうか。では、間宮に食糧を貰（もら）いに行ったとき、同行した手伝いの連中が別途調達した、なんてことはなかったか」

「えっ、それは……あったかも知れませんなあ」

大戸は思わせぶりにニヤリとした。やはりな、と池崎は頷く。予備通信室で飲み食いをした、ということは、どこかでその飲食物を調達してきたはずだ。主計倉庫から銀蠅したのでなければ、調達の機会は間宮に出向いたとき以外、考えられなかった。逆に間宮に伝手があったとしたら、何でも積んでいる給糧艦だ。好きなものが手に入るだろう。

「なるほど。主計兵曹が見るところ、そういう気の利いたことをしそうな奴は誰だ」

「それはですね……」

大戸は、二、三の名前を口にした。

「その連中、自分で食糧搭載の手伝いを志願したのか」

「そうです。仕事熱心な模範兵、というわけではなさそうですね」

「よし、わかった。主計兵曹、一つ頼みがある」

「はい、何でしょうか」

「その連中の耳に入るよう、俺と通信長が予備通信室で何か調べていて、夕方もう一度調べに入るらしい、という話を流せ」

二時間後、池崎は予備通信室に座っていた。待ち伏せである。鍵はわざと開けておいた。昨夜ここで飲み食いした連中は、夕方に池崎と片倉が再度調べに入ると聞いて、様子見に、或(ある)いは証拠隠滅に現れるだろうと期待していたのである。その場を押さえれば、弁解できまいと踏んだのだ。

池崎は欠伸(あくび)をした。課業の休憩時間に現れる可能性が高いと思い、三十分ほど待っているのだが、まだ現れない。一人でこんな換気の悪いところに座っていると、汗は止まらないし眠くもなってくる。片倉は普段の用事も多く、あまり付き合わせるわけにもいかなかった。平時の主計長は、他の士官に比べると暇なのだ。

さすがに飽きてきたとき、扉の向こうでノブをいじる気配がした。池崎が身構える。数秒経った後、ノブがゆっくりと回され、軋(きし)み音を立てないようにそっと扉が開けられた。開いた隙間(すきま)から身を滑り込ませたのは、まさしく大戸が名前を挙げていた一等水兵だった。思惑が当たった池崎は、ニヤリとしてさっと立ち上がった。池崎に気付いた水兵が、その場に凍りついた。

「やっぱり来たか。待っとったぞ。お前、確か後部砲員の玉垣一水だな」

その言葉に、玉垣は敬礼も忘れて呆然とした。池崎は玉垣の正面に立つと、じろりとねめつけた。

「正直に言え。昨夜、ここで宴会をやったのは何人だ」

全部ばれている、と悟った玉垣は、ぽかんと口を開けた。それからすぐに水兵としての本能を取り戻し、直立不動の姿勢になって白状し始めた。

「ご……五人です」

玉垣は全員の名前を挙げた。通信科の兵は、一人も居なかった。

「よし、いいか。全員を五分後にここに集めろ。話はそれからだ」

玉垣は青ざめながら敬礼し、逃げるように走り去った。

五分後、命令通りに五人の兵が集まった。いずれも砲員と機銃員で、覚悟を決めたらしく、唇を引き結んで狭い室内に整列していた。

「まったく、お前たちは戦時というのに、何を呑気なことをやっておるのかッ」

池崎に呼ばれて来た片倉が、唾を飛ばして怒鳴った。五人が身を竦める。

「ここの鍵は、どうやって手に入れた」

池崎が尋ねると、玉垣がぼそぼそと答えた。

「実は、通信科の梶井一水に煙草を何箱か渡しまして、鍵を貸してもらいました」

「何、梶井か。あいつめ……」

部下も一枚嚙んでいたと聞いて、片倉はこめかみに青筋を立てた。さらに嚙みつこうとするのを制して、池崎は続けた。

「その煙草も含め、間宮からだいぶ内緒で融通してもらったようだな。どういう伝手だ」

「は、間宮の主計兵の一人に、女絡みで貸しがありまして」

「横須賀の色街か」

「はい、その通りです」

女との間を取り持ったか、揉め事の解決に手を貸したか、そんなところだろう。池崎もそれ以上は聞かなかった。

「で、昨日の食糧搭載のとき、俺と主計兵曹の目を盗んで、その主計兵と会っていたわけか」

「おっしゃる通りです。食糧搭載のときなら、多少余分な荷物があっても目立つまいと思いまして」

「ふん、知恵の回る奴だな。それで、隠れて宴会をする場所にここを選んだわけか」

「他の連中に見られたくありませんし、ここなら鍵も借りられましたので」

「予備とは言え、通信機のある部屋をそんなことに使うとは……」

片倉がまた気色ばんだが、池崎はまあ待てと目で合図した。

「床に埃が溜まっていなかったのは、お前たちが宴会をやるために掃除したからだな。だったら、終わった後もきっちり掃除しておくべきだったな。食い物のかけらが幾つも見つかったぞ」

「終わった時分にはだいぶ酔っておりましたので……掃除したつもりだったんですが、不充分だったようです。申し訳ありません」

宴会後の掃除が充分でなかったことを謝るのは、完全に筋違いだ。むしろ、そのおかげで池崎は証拠を握ったのである。だが、池崎は敢えて指摘はしなかった。

「で、あの通信は酔った揚句の悪戯か。まったく人騒がせな」

片倉が吐き捨てた。馬鹿どものおかげでいい迷惑だ、と言いたいのだろう。ところが、玉垣はそれを聞いて驚きを露わにした。

「通信ですか？　いえ、私らは通信機には手を触れておりません」

「何だと！」

片倉が真っ赤になった。

「お前ら、この期に及んで言い逃れをするか！　お前らでなければ、誰が通信機をいじった、と言うんだ」

「そ、それは……私らにはわかりません」

「ふざけるなッ」

頭に血が昇った片倉が、玉垣を殴りつけた。玉垣はよろめいたが、すぐに姿勢を正した。

片倉がなおも殴ろうとしたとき、池崎が止めた。

「おい、宴会は何時に終わったんだ」

「は、はい。おおよそ二二三〇（フタフタサンマル）です」

「終わってから鍵を返しに行ったのか。なら、梶井がその時刻を覚えているな」

玉垣が、はいと返事するのを待って、池崎は改めて片倉に言った。

「聞いたろ。二二三〇にこの部屋を引き上げたのなら、〇一二〇に打たれた通信に、こいつらは関わりがない。梶井に確かめればはっきりする」

片倉は、うーむと唸（うな）った。

「それじゃ、あの通信はいったい誰が……」

そう言いかけた片倉は、池崎が落ち着き払っているのに気付いたようだ。

「主計長、何か気付いてるんですか」

「まあ、考えらしきものはある」

そう言ってから、池崎は五人の水兵を見据えた。

「よし、状況はわかった。お前たちの処分については、艦長と副長に報告してから下す。今はこれで解散する。持ち場に戻れ」

玉垣ら水兵は敬礼すると、青ざめた顔のまま、命じられた通り持ち場に戻るため駆け出した。五人が出て行った後、池崎は声を落として片倉に聞いた。

「つかんことを聞くが、三苫一水は優秀なのか」

「三苫？　ええ、なかなか優秀です。通信学校の高等科練習生になろうと頑張っているところですよ。こんな裏方の艦ではなく、戦艦や空母の通信員を目指してるんでしょう。梶井も高等科へ行きたがっていますが、三苫の方が先でしょうね」

それから心配になったか、眉を寄せた。

「三苫が何か絡んでいるのですか」

「ああ、いや、ちょっとどんな奴かと思って。それだけだ。ところで、通信長」

池崎はさっと話を変えた。

「今夜、付き合わないか。たぶん犯人がわかると思うから」

「えっ、本当ですか。ならば無論、付き合いますよ」

片倉は驚くと同時に、勢い込んで頷いた。

「よし、それじゃもう一つ。間宮に、今夜も本艦から発信がないか、よく監視願うと伝えてくれるか」

「え？　それはいいですが、向こうはそんなこと言わずとも、こっちに目を付けて監視してるに違いないですよ」

「ああ、それもそうだな。まあ、念のため」

　片倉は首を捻りながらも、頷いた。

「主計長、いつまでこうしているんです」

　予備通信室の隅っこでうずくまり、池崎と肩を寄せ合ってじっとしている片倉が、さすがにくたびれたか、そう囁いた。

「黙ってろよ。もう少しだ」

　そう言う池崎も、ずっと同じ姿勢で節々が痛んできた。時刻は〇一〇〇を過ぎたところだ。

「もう通信長も見当はついてるだろ」

「ええ、主計長が食べ物のかけらを撒いたところで、だいたい想像はつきました」

　池崎はこの張り込みを行うに当たって、部屋の隅や机の電鍵の傍に、煎餅や餅のかけらを幾つも撒いていた。

「だったら、静かに待ち構えるのが肝要だとわかるだろ。気配を消せよ」

「そう言われても、忍者じゃあるまいし」

片倉はぶつぶつ言いながらも、おとなしく動かなかった。

それからさらに十分ほども経った頃、かすかに物音がした。かさかさ、というような、何かが動いている音だ。やがてそれは、複数になった。二人は、息を殺してさらに待った。

やがて、こつん、つー、つー、という音がした。電鍵が動かされているのだ。主電源は入れっ放しにしてあるので、これで発信が為されたはずだ。よし、と思った池崎は、ぱっと立ち上がって電灯を点けた。

暗闇に慣れた目に、白熱灯の光が差し込んだ。部屋の隅と机で、ばたばたっと音がした。池崎と片倉は眩しさに目を瞬いたが、音の正体ははっきりと見極めることができた。

「ああ、やっぱりネズミだったか」

片倉が嘆息しながら言った。数匹居たネズミは壁の換気口に飛び込み、忽ち姿を消した。

「あいつらが、宴会の食べかすを狙ってここに入り込み、通信機に触れたんですね」

「そういうことだ。まったく、馬鹿馬鹿しい話だったなあ」

「ネズミの仕業なら、発信の内容が全く意味不明なのもわかります。ネズミどもは、電文の打ち方なんぞ知りゃしませんからねえ。それにしても、迷惑な奴らだ」

「あのネズミ、貨物船時代から棲みついてる奴だろう。だったら、俺たちの方が新参者だ」

「だとしても、あいつらが食ってるのは、我々の残り物ですよ。養ってるのは我々です。

に電信を打てるようになるまで訓練して、あれを使えるか。どうだい、働かせるか。それじゃ、堪らない」

大きな顔をされちゃ、堪らない」

「それもそうだ。それじゃ、働かせるか。どうだい、あれを訓練して電信を打てるように
しては。ネズミは結構頭がいいらしいからな」
「止して下さい。ネズミに失業させられたとあっちゃ、あまりにも情けなさ過ぎます」
顔を顰める片倉を見て、池崎は大いに笑った。
「さて、後は明日、間宮からの連絡を待てばいい。昨夜と同じような通信を傍受していた
ら、それで一件落着だ。引き上げて寝るとしようや」
「そうですね」
軽く頷いてから、片倉はふいに踵を揃え、池崎に頭を下げた。
「主計長、ご苦労様でした。ありがとうございました」
玉垣に鍵を貸していた梶井の問題はあるが、少なくとも変な発信を行ったのが、通信科
の責任ではないことが証明されたのだ。片倉は心底、ほっとしたらしい。
「ああ、通信長もな。明日、一緒に艦長に報告するとしよう」
片倉は、はいと応じて通信機に歩み寄り、主電源スイッチに指をかけると、ぐいっと力
を入れて下ろし、「切」にした。一件落着、というように、メーター類のランプが一斉に
消えた。

　翌朝、間宮から連絡があった。今度は書面でなく電信で、速報という形で送ってきた。それによると、昨夜〇一一〇頃、一昨夜と同様の通信が、ごく短時間、三洋丸から発信されるのを捉えた、ということであった。片倉はその電文を持ち、池崎と一緒に福原艦長に報告に行った。

「何と、ネズミかね」

　報告を聞き終えた福原は、開口一番、そう言った。

「こんなのは初耳だな」

「誰も居ない予備の通信室があって、たまたまネズミの餌があって、というような偶然の条件が重ならないと、あり得ない話ですから」

「まあ、笑い話のようなもので済んで良かった。間宮には通信長が説明に行ってくれ。宴会をやっとった五人は、さすがに処分なしというわけにもいくまい。副長や先任伍長に話しておく」

「はっ、よろしくお願いいたします」

　池崎と片倉が揃って頭を下げると、福原は池崎に近寄って、両肩にどんと手を置いた。

「いやあ、見事なもんだねえ。やはり儂の目に狂いはないな。主計長は立派な探偵だよ。軍艦に探偵が居るのも悪くないねえ。軍艦探偵、いや誠に結構。はっは」

　呵々と笑う福原の台詞を聞いて、最上での話が誰から伝わったか、正確にわかった。菊村主計長に間違いない。

「探偵、はやめて下さい。妙な噂が広まっては困ります」

「まあ、いいじゃないか。とにかく両名ともご苦労だった」

福原は上機嫌で、二人を送り出した。通路へ出てから、片倉が言った。

「それじゃ、自分は間宮に報告に行って来ます。最初は信じないかも知れませんがね」

「そこは上手い具合に言っといてくれよ。艦長じゃないが、探偵なんて真っ平だ」

「そうですか？　軍艦専属の探偵なんて、なかなか面白いと思いますがねぇ」

「勘弁してくれよ」

苦虫を嚙み潰す池崎に笑いながら会釈すると、片倉は報告書を持って舷門に向かった。

片倉の乗った内火艇が舷側を離れるのを待って、池崎は通信科兵員室へ向かった。ちょうど当直を終えた三苦が、そこで座って寛いでいたが、池崎を見ると慌てて立ち上がって敬礼した。

「三苦一水、休憩中か」

「はい」

「よし、ちょっと付き合ってくれ」

池崎は三苦に付いて来るよう促し、後甲板へ向かった。

後甲板に出て、人気のないところに立つと、池崎は煙草を出して火をつけ、三苦にも一本差し出した。三苦は恐縮して受け取った。

「お前は今、通信学校の高等科練習生を目指しているそうだな」

「はい、難しいとは思いますが、行きたいと思っております」

「通信長は、お前は優秀だと言っていた。まず大丈夫、推薦されるだろう」

「いえ、そんな。私など、まだまだです」

三苦は褒め言葉を聞いて、困ったように俯（うつむ）いた。やはり生真面目な男のようだ。

「何か特別に練習でもしているのか」

何気ない言い方で聞いたのだが、三苦がぴくりと反応するのがわかった。

「いえ、特別にということでは。日々の任務に遺漏ないよう心掛けております」

「そうか」

そこで池崎は、唐突に話を変えた。

「一昨日の夜、二三〇〇（フタサンマルマル）から二四〇〇まで、どこに居た」

明らかに強い反応があった。三苦の顔色が変わった。

「は……当直前ですので、兵員室で休憩を……」

「違うな」

池崎はにべもなく言った。

「一応、通信科の三等水兵に確かめた。お前は二三〇〇には兵員室に居なかった。どこへ行っていたか、その三水は知らんそうだ」

三苦は蒼白になり、何も答えられない様子だった。池崎は続けた。

「お前は予備通信室に行ったんだろう。お前はこれまでにも空いた時間に出入りし、電鍵を打つ練習をしていた。違うか？」

「そ、それは……」

「予備通信室を見に行ったとき、しばらく使っていないはずなのに、床と机の上に埃がなくて、妙に綺麗だった。床の方は玉垣一水たちが宴会をやったせいだとわかったが、連中は通信機にも机にも触れていない。だったら、机を綺麗にしたのは誰だろう。机に置かれた電鍵を使いに来た人間、と考えるのが自然だな」

「も……申し訳ありません」

三苦が、がっくりと肩を落とした。その様子を見て、池崎は手を振った。

「待て待て、咎めだてしようっていうんじゃない。事実を確かめたいだけだ。高等科に行くため電鍵の練習を繰り返すのは、別に悪いことじゃない」

三苦はそれでもまだ顔を上げない。池崎は溜息をついて先に進んだ。

「だが、何で誰にも言わず、隠れて予備通信室を使ったんだ。通信長に練習したいから使わせてくれと申し出たら、許可はすぐ出たはずだぞ」

三苦は俯いたままだ。肩が少し震えている。池崎は待った。

「梶井さんが……」

やがて三苦が、辛(つら)そうに小さな声で漏らした。

「梶井一水が、どうかしたか」

三苦はもう一度ためらってから、話し始めた。

「同じ一水でも、梶井さんは自分よりずっと年上です。自分が高等科へ進もうとしていると知って、生意気だと言われまして、それで……」

そういうことか。池崎は事情を理解した。梶井も三苦も少年兵から通信の専門課程を上がってきたはずだが、梶井の採用年齢は三苦より上だったのだろう。その後も、三苦の方が成績はずっと良かったに違いない。この艦で三苦と出会った梶井は、嫉妬(しっと)したのだ。自分より早く、自分より若い三苦が高等科を修了すれば、また差が開く。梶井は、三苦に辛く当たり、勉強を妨げていたのだろう。それで三苦は、秘密で練習する方策を考えたのだ。

「そうか。わかった。そう気に病まんでもいい」

池崎は三苦の丸めた肩を、ぽんぽんと叩いた。

「予備通信室の鍵は、どうしたんだ。その都度、持ち出したのか」

「はい。当直のときに取っておいたり、使う直前に梶井さんたちの目を盗んでポケットに入れたり、いろいろです。一昨日の夜は、梶井さんに頼まれた煙草を届けに行って、その機会に鍵を持ち出しました。でも行ってみると、梶井さんはどこかから煙草を何箱も調達していて、上機嫌だったので、鍵はあっさり取り出せました」

その煙草は、鍵と引き換えに玉垣が渡したものだろう。梶井が玉垣に鍵を渡すとき、それを三苫が持ち出していなかったのは、三苫にとっては幸いだった。

「よし、それでは最後にもう一つ聞いておきたいことがある。通信機の電源だ」

三苫の顔がまた下を向いた。

「主計長は、全部ご存知なんですね」

「まあ、全部ってわけでもないが」

池崎は頭を掻いた。

「通信機の主電源スイッチは、通信長が操作するのを見ていたんだが、動かすのに力が要りそうだった。あんな固いスイッチが、ネズミの背が当たったぐらいで動くことはあるまい。それで、誰かが意図してスイッチを入れたんだろうと思った。無論、玉垣たちじゃない。そこで、昨日通信室に行ったとき、俺と通信長が予備通信室を見ようと言って出て行こうとしたら、お前が妙な顔でこっちを見ていたのを思い出したんだ」

三苫が大きな溜息をついた。それからまた小さく「そうです」と呟いた。

「しかし、どうして電源を入れたんだ。電鍵を叩く練習だけなら、電源を入れなくてもいいだろう」

「それは……」

　三苫は俯いたまま首を振った。

「うまく説明できません。ただ、電気の通っていない通信機は置物にすぎません。練習で電鍵を叩いていると、時々、生きている通信機を触りたくなったんです。どんな機械でも、置いてあるだけのものと働いているものでは、その感触が違います。それを感じたくて、何度か電源を入れたんです。無論、電鍵に板を挟んだりして、発信してしまわないよう注意しましたが」

　この感覚は、池崎には縁遠いものだった。それでも、三苫の言いたいことは、わかるような気がした。

「一昨日は、電源を切り忘れたのか」

「はい。あそこに居るとき、誰かが扉を開けようとしたんです。中から鍵をかけてましたので、開きませんでしたが、もしかして居るのがばれたかと思い、その誰かが去ったのを確かめてから、大急ぎで出ました。そのとき、急ぎ過ぎて電源を入れていたのを失念しました」

「それはたぶん、玉垣たちの誰かが、施錠を忘れてないか気になって確かめに来たんだろうな」

　間が悪かったのか、と池崎は思った。結局、思わぬ事件というのは、こんなちょっとした偶然の積み重ねで起こるものなのだろう。

「よし、これで全部わかった。ご苦労、戻っていい」

三苦は、戻っていいと言われたのがひどく意外だったようで、しばし立ち竦んだ。

「えっ？」

「何してる。戻っていいぞ」

もう一度池崎が言ったが、三苦はまだ動かない。

「あの、ですが主計長……」

「何だ。いいか、この変な発信の件は、全てネズミの仕業で、その原因は玉垣たちの食い散らしのかけら、という報告がもう正式に出されている。お前の出番はないぞ」

「あ……それでは」

「何度も言わせるな。これはネズミの仕業で、それ以上でも以下でもない。それだけだ」

池崎の意図をようやく理解したらしく、三苦の顔が歪んだ。涙が頰を伝った。

「主計長……ありがとうございます」

三苦は二つ折りになって深々と礼をすると、駆け足で兵員室へ戻って行った。

「やれやれ、これで片付いたか」

池崎は誰にともなく声を上げると、燃え尽きかけた煙草を空き缶に放り込み、大きく深呼吸した。視界の先で、間宮の舷側から離れようとする片倉の乗った内火艇がちらりと見た。
明朝早くにこの艦に乗り込んでくる。受け入れ準備の確認を済ませておかねばならなかっ
午後には輸送船が入港し、運ばれて来た航空隊の要員は、一旦上陸して休息をとってから、
えた。片倉の報告も、どうやら短く済んだようだ。池崎も自分の仕事に戻るときだった。

そのとき、ふと何かを感じて、池崎はさっと振り向いた。後ろには艦の中央楼がビルさながらに聳えている。楼の前部が艦橋で、その辺りから誰かに見られていたような気がしたのだ。だが、左右に目を動かしても人の姿は見えなかった。気のせいだったのだろうか。


その晩、池崎は福原艦長に呼ばれた。そうなるだろうと予想はしていたが、艦長室に行ってみると、やはりいつもの通り、テーブルにはスコッチとグラスが用意されていた。

「いやあ、本当に活躍してもらったね」

福原は気前よく池崎のグラスにスコッチを注いだ。

「海軍兵学校出は、どうしても海軍の常識に縛られるからねえ。君のように、娑婆の常識を持った人間の方が、こういうあまりお目にかからない事件のときには役立つんだよ」

「はあ、そんなものでしょうか」

それは池崎自身も思わなくはなかったが、曖昧に返事しておいた。

「航空隊の受け入れ準備も済んだかね」

「はい、滞りなく」

「そうか。明日から烹炊所(ほうすいじょ)は用意する食事が倍以上になるから、大変だな」

「いえ、確かに忙しくなりますが、何度も経験していることですから、皆慣れたものです」

「うん、まあよろしく頼むよ」

福原は気楽な調子で言うと、スコッチを旨そうに啜った。

「通信科も、大きな波風が立たずに良かったねえ」

福原はふいにそんなことを言い出した。池崎は、おや、と思った。艦長は何が言いたいのだろう。確かにあの変な発信は通信科のやったことではないと証明されたが、福原が言うのはその意味ではないような気がした。

「三苦一水だったかな、順調に高等科へ行ったら何よりだね」

池崎は飲みかけたスコッチを吹き出しそうになった。

「あ、あの艦長、艦長は全部ご存知なんですか」

「え？　全部？　何のことだね」

福原はしれっとして空とぼけた。わざとらし過ぎて、池崎にもわかる。やはり福原は、池崎が報告しなかった事実に感づいているのだ。後甲板で三苦と話していたときに感じた視線、あれは気のせいではなかったらしい。

「儂は何も知らんよ。しかし、前途ある有能な若者には、どんどん活躍してもらいたいからねえ。丸く収まるのが一番だ」

　そういうことか。池崎は福原の腹の中を察した。最初から三苦のことを気付いていたとは思えないが、こういうこともあると予想して、池崎ならうまく収めると考えたのだろう。片倉なら、通信長として三苦にも何らかの処分をせざるを得なかったかも知れない。娑婆の常識とは、よく言ったものだ。狸親父め。

「本当に、若い者がせっかくの前途を奪われるようなことは、避けてやらにゃあいけないね」

　そう言ったとき、福原は一瞬、遠くを見るような目付きをした。池崎は、はっとした。今の一言は、三苦について言ったものだろうか。それとも、この戦争そのものについて言ったものだろうか。すぐに好々爺然としたいつもの表情に戻った福原からは、窺い知れなかった。

第五話 波高し珊瑚海
——駆逐艦岩風——

(くちくかん いわかぜ)※

級名
陽炎型駆逐艦
竣工
1941年2月12日
最期
1944年10月5日沈没
排水量
2,000トン
全長
118.50m
最大幅
10.80m
出力
52,000馬力
速力
35ノット
乗員
239名
※岩風は架空の艦です。

艦の行き足がぐっと落ちた。真正面には、月齢二〇のぼんやりした月明かりに、黒々とした島影が浮かび上がっている。

(やれやれ、何とか着いたか)

池崎は、駆逐艦岩風の上甲板で、ほうっと安堵の溜息をついた。眼前に浮かぶヌーリア島が、今回の目的地である。ラバウルを出撃して六百海里余の波濤を越え、敵の目をくぐり、何ら攻撃を受けることなくこの珊瑚海の孤島に到着したのだ。後方三〇〇度の方向には僚艦明風のシルエットが辛うじて見分けられる。池崎は、どうかここまでの幸運がラバウルに帰投するまで保ってくれるように、と切に願った。

昭和十八年二月の今、連合艦隊は果てしなき消耗戦の只中に居た。対米戦が始まって一年と三ヵ月、緒戦の勢いは遥か遠い話になっている。南海の泊地にひしめいた僚艦たちは、先週一隻、昨日は二隻というように、次々失われていく。岩風と明風が、損傷らしい損傷もなくこれまで生き延びているのは、ほんの紙一重の幸運によるものだった。

二隻の駆逐艦は、最微速で小さな湾へと入って行った。標識も何もあるわけではなく、岩にぶつかる波しぶきが、微かに月光を反射するのに目を凝らさねばならない。研ぎ澄まされた勘に頼らねば、岩礁に衝突しかねなかった。

池崎は、できるだけ静かにラッタルを上り、羅針艦橋に入った。計器類の明かりだけが蛍火のように灯り、艦長以下、艦橋に立つ人々の姿を淡く照らしている。

「両舷後進微速」

航海長の迫田義典大尉が、タイミングを見計らって下令した。艦の行き足が止まる。

「両舷停止。投錨」

低く唸っていた機関の音が、途切れた。

「よし、信号を送れ」

この作戦の指揮官である、駆逐隊司令の久住与志朗大佐が命令を発し、それを受けて傍らに立つ小矢部康作艦長が信号員に指示した。直ちに発光信号が島に向かって送られた。

危険は承知である。

この湾の岸辺には、陸軍の将兵およそ四百名が集まっているはずであった。もしこちらの意図を読まれて敵兵が集結していたら、今の信号でこちらの正体と位置が確認できたろうから、すぐにも砲撃が始まるだろう。一方、予定通り友軍の将兵が集まっているなら、ただ静かに水際へ進み出て来るはずだ。

「動きがあります」

双眼鏡で岸辺を凝視していた見張り員が告げた。同じく双眼鏡を目に当てていた小矢部艦長も頷(うなず)いた。隠れていた茂みから、陸軍の連中が月明かりの中にそうっと出て来たようだ。そのとき、水際で光が瞬いた。陸軍側の信号だ。小矢部がほっと息を漏らした。

「主計長、居るか」

急に小矢部が振り向いた。池崎はすぐ、「はい」と応じた。

「収容準備にかかれ。小発を下ろす」

「はい。収容準備にかかります」

池崎は復唱すると、すぐ艦橋を出て上甲板へ戻った。甲板には、既に陸軍将兵の収容作業をする要員が揃(そろ)って、待ち構えている。

「始まるぞ。主計兵曹、烹炊所(ほうすいじょ)の用意はいいか」

「はい、用意できています」

小声の会話で、主計兵曹の天野(あまの)武男(たけお)が請け合った。池崎は「よし」と返し、後方に目をやった。後甲板では、陸兵揚収のため搭載してきた小型発動艇（小発）が、一斉に下ろされようとしている。甲板に並ぶ天野ら主計兵と甲板員は、網状に編まれた綱梯子を舷側に垂らすため、待機していた。小発で運ばれた陸兵は、この網をよじ登って艦に上がるのだ。

待機する兵たちの中に、見知った顔が居る。開戦前、呉に碇泊中の重巡最上で発光信号事件を起こした、向田主計兵長である。あの一件の後すぐ、向田は駆逐隊に転属となった。池崎ももう二度と会うことはあるまいと思っていたのだが、この岩風に乗組んだとき、部下の中に向田を見つけて、お互い大きく驚いたものである。様子に気付いた天野兵曹らは、どういう縁か聞こうとしたが、事情が事情なので二人とも多くは語らなかった。

今も向田は、こちらを見ずに黙々と作業を続けている。純朴な風貌は変わっていないが、最上のときよりも痩せて、いくらか精悍になったようだ。

「敵さん、もうしばらく気付かないでいてくれると、いいんですがね」

岸に向けて進んで行く発動艇の群れを見送りながら、天野が言わずもがなのことを言った。この湾に居る全ての人間が、それを思っているはずだ。島の反対側には、連隊規模の豪州軍が布陣し、わが陸軍を殲滅せんと迫っているのである。奴らに気付かれぬうちに陸軍をこの島から撤収させるのが、池崎らの駆逐隊に課せられた任務であった。

ヌーリア島は、現在のところ、日本軍が占領している中で、オーストラリア本土に最も近い島であった。二百人余りの住民が居る他は、鉱山会社が金か何かを採掘しようと事務所を置いて、技師と鉱夫が数十人居ただけで、軍は駐留していなかったから、占領するのは簡単だった。上陸した陸軍五百名は、一発の弾丸も撃つ必要はなかった。

こんな孤島を占領したのは、オーストラリア本土攻撃の足場にするつもりだったのだろう。池崎が思うに、綿密な計画に基づいて拠点を確保したというより、取り敢えず獲れるものは獲っておけ、というぐらいの考えだったのではなかろうか。

その後、ガダルカナルを巡る攻防戦が始まり、ソロモン海域が主戦場になると、ヌーリアは孤立した。占領はしたものの、それを活かす方策はなく、支援も補給もできなくなってしまったのだ。何もしないでいるうち、オーストラリア軍が上陸してきた。さしたる軍事的価値はないにしても、占領されたままでは目の上のたんこぶである。こちらの五倍近い兵力で、一気に押して来た。一方、こちらには死守するほどの理由がない孤島へ、増援を送るような余裕はない。ヌーリア守備隊は、風前の灯火となった。

こうした状況になれば、行きつく先は玉砕である。そうした例は枚挙に暇がない。ところが、彼らは幸運だった。攻めてきた豪軍は、それなりの精鋭部隊だったのかも知れないが、実戦経験に乏しかったようだ。兵力差はあっても、密林戦に慣れた守備隊は互角に渡り合い、豪軍は思うように進めなかった。それを見て陸軍も、今となっては守る価値のない島で兵力を消耗してしまうより、他のもっと重要で激戦の予想される島へ移した方が得策だ、と悟った。それで海軍に、守備隊の収容を依頼したのだ。

海軍は渋った。ソロモン海域の戦いは熾烈で、航空機と艦艇の損耗は次第に激しくなっていた。特に駆逐艦の損害は大きく、こんな時期に貴重な艦隊駆逐艦を、陸軍の尻拭いに投入するなど迷惑千万な話だった。しかし最後は司令官同士の話し合いで、海軍の方が折れた。その結果、池崎の所属する駆逐隊から岩風、明風の陽炎型駆逐艦二隻を、ヌーリアに派遣することになったのだ。

もっとも、こうした事情を池崎が知ったのは、戦後になってからである。このとき把握していたのは、ただ守備隊を収容せよという命令を受けて出撃した、という、それだけであった。

池崎は、上甲板でじりじりしながら、ひたすら待っていた。発光信号のやり取りは一度だけで、敵に気付かれるのを恐れてそれ以後は控えている。

ある意味平和だった三洋丸の勤務から引き抜かれ、この駆逐艦岩風乗組になったのは三カ月余り前である。第一線の戦闘艦に勤務することは、誇らしかった。と同時に、これは生きては還れないな、と思った。航空機運搬艦である三洋丸も、その性格上、最前線を巡る艦であり、常にそれなりの危険に晒されてはいたのだが、高速を活かして戦場に突入するのが仕事の駆逐艦は次元が異なり、死地に赴く、という言葉がぴったりだと思えた。（海軍軍人となった以上、戦死は覚悟の上だが）

待つ間に、池崎は考える。そう、戦死を恐れるわけではない。もはや自分の周りでは、それはありふれた光景になっていた。ただ、池崎が気にしているのは一つだけ。それは、陸軍を避け、海軍の短期現役士官を選んだ大きな理由である。

(最後のときに、無様な格好を見せることにはなりたくないんだが)

その考えに、ふと溜息を漏らしそうになったとき、傍らの天野兵曹が囁くように言った。

「主計長、聞こえますか。近付いてきます」

小型発動艇のエンジン音だ。天野の指す方向に目を凝らすと、僅かな白波と共に、動いている黒い塊が見えた。

「よし、綱梯子下ろせ」

号令で、一気に舷側に網が下ろされた。程なく、最初の小発が陸兵を満載して、舷側に取りついた。艇上の人影が一斉に動き出し、群がるように網に手足をかけた。艦の照明は消されているので、皆、月光が頼りの手探りである。時折り、「あっ」と叫ぶ声が響いた。手が滑ったか、足を踏み外したらしい。幸い、海に落ちる音はしなかった。

やがて陸兵たちの姿が上甲板に現れ、乗組員たちはその腕や襟首を摑んで、次々に甲板に引っ張り上げた。池崎も両手を伸ばし、間近に見えた兵に手を貸した。

予想はしていたが、甲板に上がった陸兵たちはかなり消耗しており、何とか甲板に立って敬礼したものの、そのまま座り込んでしまったり、敬礼する気力さえ残っていない者も居た。着ている軍服はすっかり傷んで、下着姿の者や、上半身裸の者も居り、弱い月明かりの下では幽鬼の群れのようにも見えた。

陸兵の一人が池崎の姿を認め、近寄ってきた。階級章は暗くて見えないが、服装の様子からして、将校に違いない。池崎を士官と認めたのだろう、前に出ると、ぴしっと陸軍式の敬礼をした。

「ヌーリア守備隊、見城少尉であります。このたびは、お世話になります」

「駆逐艦岩風主計長、池崎大尉です。ご苦労様でした」

池崎は答礼して労いの言葉をかけた。

「中で、一息ついて下さい。戦闘配食なので握り飯くらいしかありませんが」

「ありがとうございます。間もなく部隊長が上がってきますので」

池崎は頷き、舷側の方を見た。接舷した小発に残っている兵は、もう残り少ない。間もなく最後の一人が上がってきた。見城がそれを見て、敬礼した。これが部隊長らしい。部隊長は見城にろくに答礼もせず、池崎の前に立った。池崎としては驚いたことに、きちんと軍刀も携えていた。

「ヌーリア守備隊長、篠田少佐です」

そう名乗って敬礼した篠田は、痩せて上背があり、暗い中でもわかるほど眼光が鋭かった。尖った顎は、いかにも傲然として見える。明るいところで見たら印象が変わるかも知れないが、池崎は直感的に、この男は好きになれない、と悟った。

「早速だが、司令殿と艦長殿にお会いしたい。艦橋へ案内いただけますか」

愛想は一切抜きで、篠田が言った。

「わかりました。主計兵曹、ご案内しろ」

天野が「はい」と応じ、「こちらへどうぞ」と篠田を先導した。篠田は鷹揚な頷きを返し、振り向いて「見城少尉！」と呼んだ。見城が弾かれたように姿勢を正した。

「駆逐艦に乗り込んだからと言ってだらけさせるんじゃない。直ちに点呼をとれ。ぐずぐずするな」

ぴしゃりとそう言うと、胸を反らせて艦橋の扉に向かった。見城少尉は甲板にへたり込んでいる兵たちに、号令をかけた。

「各分隊ごとに点呼！　報告せよ」

池崎が慌てて制した。

「甲板で大声は出さんでください。海上は、意外に声が響くんです」

見城がはっとして振り向き、「申し訳ありません」と詫びた。この少尉は、篠田と違って人当たりは良さそうだ。

「できるだけ早く艦内に入って下さい。急いでこの島から退散しますので」

見城は、わかりましたと答えて、点呼でき次第、艦内に入れと兵に告げた。その横に並んだ乗組員たちは、舷側に垂らした綱梯子を巻き上げる作業に大わらわになっている。夜明けの曙光が差すまでに、可能な限りこの島から遠ざからねばならない。

作業がほぼ終わりかけたのを見て、池崎は艦橋へ走った。司令や艦長たちは、一刻も早く動き出そうと待ち構えているはずだ。

「収容作業、完了しました」

艦橋に入るなり池崎が報告すると、小矢部艦長がすぐ反応し、錨を上げるよう命じた。

池崎はさっと艦橋内を見渡した。すれ違いになったらしく、篠田少佐の姿は見えなかった。

「あの部隊長殿には、もう挨拶したのか」

迫田航海長が池崎の様子を見て、察したように話しかけた。

「真っ先に拝顔の栄に浴したよ」

迫田が笑った。

「なかなかに楽しそうな御仁じゃないか」

迫田の言葉には、たっぷりの皮肉がこもっていた。篠田が艦橋でどんな態度だったのか、それでまずまず想像はついた。

「まあ、第一印象で人を和ませるようには見えなかったね」

池崎が応じると、迫田がまた笑い、隣に居た砲術長と水雷長も苦笑したようだ。間もなく、揚錨完了が報告された。久住司令が頷き、「長居は無用だ。さっさと引き上げよう」と艦橋の皆に向かって言った。

「舵中央、両舷後進微速」

迫田が伝声管に告げ、二百人の陸軍将兵を乗せた岩風は、しずしずと、二度と来ることはないであろう狭い湾から後ずさった。


夜が明けると、茫漠たる海の只中だった。空は一面の青空に、積乱雲が湧いている。いかにも南洋らしい強烈な日差しが早くも差し込み、上甲板に出た池崎は目を細めた。

昨夜乗り込んだ陸兵たちは、池崎らが用意した戦闘食を口にして、ようやく人心地がついたようだった。ただの握り飯だが、気を利かせて様々な野菜や肉などを混ぜ込んである。何日もまともな食事にありつけなかっただろう陸兵たちには、それだけでも大変な馳走だったようだ。齧りながら涙を流している者も居た。

上甲板を見回すと、後部砲塔や魚雷発射管の脇に座り込んで、ぼうっと海を眺めている陸兵が何人も居た。助かった、生き永らえた、という思いを噛みしめているのだろうか。だが、池崎は知っている。これから先が、最も危険なのだ。

ヌーリアからはもう百海里は来ているだろう。早く島から離れようと、しばらくは第五戦速の三十ノットで走っていたが、今は燃料消費を抑えるため、強速の十五ノットに落としている。ヌーリアは孤島であったおかげで、敵機の行動半径から外れていた。こうしてラバウルに近付いていくということは、ポートモレスビーやガダルカナルの敵航空基地に近付いていく、ということでもある。こんな好天は航海には良いが、攻撃を受けやすいことも間違いなかった。

突然、ラッパが鳴り響いた。ぼんやり座っていた陸兵が、びくっとして辺りを見回した。総員戦闘配置だ。敵潜水艦が行動中と思われる海域に入ったのだろう。艦が増速するのを体で感じながら、陸兵たちに「艦内に入れ」と怒鳴り、池崎は艦橋へ急いだ。

艦橋には、司令と艦長以下、航海長、砲術長、水雷長らが勢揃いしている。池崎の戦闘配置は、この艦橋である。戦闘記録をとるのが主計長の役割だった。

池崎はちらりと迫田航海長を見た。迫田が目で頷く。この艦で池崎は迫田と同室で、自分は短現士官、迫田は兵学校出の兵科士官だったが、同年齢ということもあってウマが合い、夜など、暇を見つけては一緒に甲板で飲んでいた。今しも池崎は迫田に、敵の気配があるかと目で問うたのだが、迫田の返答は、まだだ、ということだった。戦闘配置にはなったものの、今のところ明白な脅威は発見していないわけだ。

後ろでばたばたと足音がし、振り向くと篠田少佐が入って来たところだった。

「今のは……戦闘配置ですか」

大急ぎで駆け付けたようで、息が乱れている。

「そうですよ。危険海域に近付くんで、念のためね」

前を見据えたまま、小矢部艦長が答えた。何しに来たんだ、と言いたげな苛立ちが混じっている。

「何かやれることがあれば、遠慮なく下令していただきたい」

篠田は胸を反らせてそんなことを言った。陸軍の誇りとでも言うか、存在感を示しておきたいのか。しかしその目は、落ち着かなげに左右に動いている。陸と違って逃げ場のない大洋の真っただ中で戦闘になればどうなるのかと、不安になっているのだろう。

「ご心配なく。余程のことがなければ、助力願うことはない。陸軍の皆さんは艦内に留まっていてくれればいい」

見透かしたように小矢部が応じた。暗に、余計なことはせずにじっとしていろ、と言っているのだ。確かに、戦闘になったとき、素人にウロウロされたのでは邪魔でしょうがない。

「承知しました」

篠田はそれだけ言うと、口を閉じて仁王立ちになった。艦橋から出て行く気配はない。そんなに力を入れなくても、と池崎は思ったが、艦の動揺によろめいて恥を晒したくないのだろう。まあ御随意に、だ。

そのまま二時間近くが経過した。篠田は相変わらず、むっつりと仁王立ちになったままだ。幾分顔色が良くないが、やはり海に慣れていないせいだろう。晴天だが波高は二メートルほどあり、その波を乗り越えて少し速度を上げた第二戦速の二十一ノットで進む二千トンの駆逐艦は、陸の感覚からすればかなり上下に揺れている。艦内では、酔う陸兵も出始めているに違いない。

そのときである。警戒中の見張り員が叫んだ。

「潜望鏡らしきもの、方位六〇度、距離二千五百！」

来たッ！　池崎の両足に力が入った。

「対潜戦闘用意」

「面舵一杯、最大戦速」

小矢部に続けて迫田が号令し、続けて水雷長が対潜戦闘の指示を伝声管に叫ぶ。一拍置いて、加速しながら艦首が右に回り始め、艦全体が遠心力でぐっと左に傾いた。

「右舷に魚雷ーッ」

見張り員の声が響き渡り、全員の顔に緊張が走った。篠田が蒼白になるのが見えたが、構ってはいられない。

間もなく、こちらに向かって来る白い雷跡が池崎の目にも見えた。艦は急速回頭中なので、雷跡も右から左へと流れていく。

（当たるな、当たるな）

たぶん艦橋に居る全員と同じく、池崎は懸命に祈った。魚雷は艦首の左側に入って視界から消えた。それきりで、衝撃は来なかった。祈りは通じたようだ。

「もーどーせーッ」

予定進路まで回頭する直前、迫田が舵を戻すよう、伝声管に向かって号令した。すぐに操舵室から「舵中央」と報告が返る。

「爆雷、てーっ」

水雷長の命令が響き、池崎は思わず窓から後方を見た。艦尾でぱっと白煙が上がり、黒っぽい塊が宙に舞った。後甲板に据えられた九四式爆雷投射機から、爆雷が射ち出されたのだ。間もなく後方で大きな水柱が上がり、衝撃が伝わる。少し置いて、右舷後方に見える明風のさらに後ろでも、投射した爆雷が水柱を上げた。いきなり命中、とはいかないまでも、これで相手の動きを封じる効果はある。

それでももしや、敵潜水艦に損傷を与える幸運に恵まれてはいないかと、池崎は海面に目を凝らした。期待に反し、破壊された潜水艦から漏れた重油が浮いてくる、というようなことはなかった。

「取舵一杯」

「とーりかーじ、一杯」

伝声管から操舵員の復唱が返り、艦は右に大きく傾き始める。最大戦速での急転舵による遠心力はかなりのもので、よろめいた篠田が、配管に思い切りぶつかった。

岩風が回頭を終えようとしたところで、続く明風との間を二本の雷跡が、真っ直ぐに貫いて行った。池崎は大いに安堵の息を吐いた。なかなか際どいところだった。魚雷が来た方向からすると、敵潜水艦は、こちらの読みとは大きくかけ離れた位置に動いていた。爆雷はほとんど効果がなかったことになる。

「ふん、向こうもやりやがるな」

同じことを思ったか、迫田が吐き捨てた。

二隻の駆逐艦は、さらに回頭を繰り返しながら、再度の爆雷攻撃を行った。しかし、今回も命中はしなかった。もっと執拗に爆雷を落として追い詰めてやりたいところだが、十八発しか積んでいない爆雷を、そう景気よくばら撒くこともできない。

もう十分ばかりその辺りの海面を走り回ってから、久住の指示で明風にもとの針路へ戻るよう信号を送った。三度目の雷撃は来ず、敵潜水艦は去ったらしい。

「諦めて、逃げたか」

小矢部艦長が、残念とも安堵とも取れる呟きを漏らした。

「敵潜水艦は……敵潜水艦は、どうなりましたか」

篠田がまだ蒼白になったまま、尋ねた。初めて駆逐艦で対潜戦闘を体験したのだ。半ば呆然としているのも当たり前だろう。

「ああ、もう居ませんよ。魚雷が尽きたのかも」

何だ、まだ居たのかと言うような目を篠田に向け、小矢部が答えた。

「そ、そうですか。いや、さすが海軍さんです」

いささか無様だったのを押し隠すつもりか、篠田は海軍を持ち上げた。

「帝国海軍の威光ここにあり、敵は尻尾を巻いた、ということですな」

篠田は大真面目な顔で、わざとらしく世辞を言った。迫田が失笑を漏らしそうになったが、篠田は気付いていない。池崎は篠田の取り繕いを見て、何を呑気な、と思った。それについては一言、言っておいてやろうと篠田の方を見据えた。

「篠田部隊長、まだ終わったわけではありませんよ」

篠田が一瞬、困惑と腹立たしさを交えた表情で池崎を見た。池崎は構わず続ける。

「こちらの位置は敵に知られてしまいました。潜水艦からの通報で、次は間違いなく敵機が来ます」

篠田の顔が、再び青白くなった。

戦闘配置は一旦解除されたので、池崎は艦橋を下りて艦内の様子を見に行った。艦内では、二百人の陸兵が食堂や通路、倉庫や兵員室にまで詰め込まれ、多くは不安げに膝を抱えていた。上甲板も使えば乗組員以外に最大五百人は収容できるとされているので、ある程度余裕はあるはずだが、そうは思えなかった。厠は満員盛況だ。外が見えない艦内で、何度も急転舵を繰り返されたら、相当船に慣れた人間でないと忽ち酔ってしまう。あまり酷い状態の者には看護兵や主計兵が声をかけていたが、脱水にならないよう気を付ける程度しかできることはない。

人いきれと嘔吐物の臭いに閉口して、池崎は上甲板に出た。一周してみるつもりで後甲板へ向かいかけると、一番四連装魚雷発射管の脇に、見城少尉が座り込んでいた。彼の顔色も、ご多分に漏れずかなり青い。

「やあ、酔っちまいましたか。だいぶ激しく走り回ったからねえ」

笑いながら声をかけると、見城は慌てて立ち上がって敬礼した。

「お恥ずかしい限りです。こういう揺れにはどうも慣れなくて」

情けなさそうに言う見城の顔は、二十歳を出たばかりにしては、ずいぶんとくたびれていた。やはり島での戦闘は、海上とは違う過酷さがあるのだ。

「内緒だけど、おたくの部隊長もだいぶ参ってましたよ」

池崎がそう言ってやると、見城は少し口元を緩めた。

「そうですか。あの、戦闘配置を解かれたようですが、これで当分は大丈夫なんでしょうか」

「いえ、正直わかりません。他の潜水艦が待ち構えているかも知れないし、敵機の行動半径に入れば空襲は必ずあると思います。また戦闘配置がかかったら、すぐ艦内に入って下さい」

「わかりました。お邪魔にならないよういたします」

見城は緊張気味に改めて敬礼した。池崎は軽く答礼し、後甲板へと歩き出した。艦は第二戦速で航走しており、強い風が池崎の背中を押した。

二番発射管の横を通り過ぎようとしたとき、発射管と魚雷格納庫の間の隅に、四人の陸兵が固まっているのが見えた。淀んでしまった艦内の空気を避けて上甲板で休んでいる陸軍将兵は、見城始め何人も居る。が、その四人はなぜか池崎の注意を引いた。

池崎は少し近寄り、発射管の陰から様子を窺ってみた。大柄の一人は軍曹、小柄で目の細い一人は伍長、優男風なのが上等兵で、残る中肉中背の男は一等兵らしい。何か妙なのは、軍曹と伍長と一等兵が、上等兵を取り囲んで詰め寄っているように見えたからだ。上等兵は困惑の表情を浮かべているようで、他の三人は肩を怒らせている。中でも軍曹の顔は、険悪だった。

池崎は声が聞けないかと、もう少し近付こうとした。それが裏目に出た。伍長が気配に気付き、さっとこちらを見た。やむを得ず、池崎は陰から出て姿を見せた。四人が一斉に姿勢を正し、敬礼した。

「どうかしたのか」

池崎が問うてみると、軍曹が即座に答えた。食糧不足で消耗している陸兵たちの中にあっては、かなり頑健そうな男だ。声も野太い。

「何でもありませんッ。この笹尾上等兵が船酔いで気分が悪くなり、外へ連れ出して空気を吸わせていたところであります」

「そうか、わかった。まだ危険海域に居るので、できるだけ艦内に留まるように」

「はっ」

四人は再度敬礼し、急いでハッチに向かった。

（空気を吸わせていた、か）

四人が行ってしまうと、池崎は肩を竦めた。無論、軍曹の言ったのは嘘に決まっている。笹尾という上等兵は、見城などよりずっと元気そうに見えたし、あの様子は空気を吸いに来たような気軽なものではなかった。そして最も気になったのは、伍長が池崎に気付いて振り向く直前に、笹尾に向かって言いかけていた言葉だった。

「今さらそんなことを言い出して、どう……」

伍長は確かにそう言った。笹尾上等兵は、いったい何を言い出して伍長らを怒らせたのか。

（そして軍曹は、なぜ見え透いた嘘をついたのか）

他人に知られては困る話をしていたのは、間違いない。それは何なのか……。

池崎は頭を振った。自分は何を考えているのか。海軍士官が陸兵の間の揉め事に首を突っ込んでどうする。今、自分がやることは一杯あるではないか。池崎は足を速めて後甲板を巡ると、二番連装砲の前方のハッチから艦内に戻った。


篠田と見城に警告したことが現実になったのは、さらに二時間が経ってからだった。出しぬけに戦闘配置のラッパが鳴り響き、池崎は艦橋に駆け上がった。甲板では、機銃員が飛び出して来て、次々に二番煙突横の二十五ミリ連装機銃座に取りついた。

艦橋に駆け込むと、有難いことに、篠田少佐の姿は見えなかった。さっきの対潜戦闘で懲りたのだろう。池崎が来たのに気付いた迫田が、左を指しながら手短に言った。

「現れたぞ。敵編隊だ」

池崎は頷きを返した。後は見張り員の目が頼りだ。

「敵機、近接中。方位二四〇度、距離一万、高度三千」

「左、対空戦闘用意」

「最大戦速」

まだ肉眼では何も見えない。だが、すぐに左舷正横、南西の空に、転々と羽虫のような影が現れた。距離と高度を告げる見張り員の声が、淡々と響く。

「双発爆撃機だ。全部で十六機」

双眼鏡を目に当てていた水雷長が言った。双発機だと？　ならばB25だろうか。爆撃、雷撃、いずれも可能だ。厄介な相手である。一度狙われたら、逃げ切るのは難しい。池崎は覚悟を決めた。

「三機、こちらに向かってきます。距離五千、高度三百」

敵は編隊を解いた。別れて、二隻をそれぞれ攻撃するのだ。

「撃ち方始めッ」

既に左上方に向けられていた一番連装砲から発砲炎が上がり、どんという衝撃が伝わった。

「敵機、さらに降下します。高度百」

三機の爆撃機は、ぐっと高度を下げ、海面に接近してきた。雷撃だ。池崎は唇を嚙んだ。

敵機の周りに黒煙の塊が湧いた。こちらの撃った砲弾だ。残念ながら命中はしない。

「敵機、魚雷投下」

爆撃機の腹から魚雷の黒い影が離れて、海面に水しぶきが上がった。

「面舵一杯」

魚雷の方向を見定めると、迫田が即座に大型伝声管に向かって叫んだ。操舵室から復唱の声が返り、艦首が右に回り始める。その鼻先を、敵機が真一文字に横切った。

一瞬、おやっと思った。目の前を通過した敵機は、B25ではなかった。それよりずんぐりした、前半分が妙に太い不格好な機体だ。それに、胴体のあのマークは？　思った直後、魚雷が艦首左前方を通過した。

「何だ、米軍じゃないぞ。豪州軍だ」

迫田が意外そうに口走った。そうだ、あの青で縁取られた白丸は、豪州軍機のマークだ。

「本当だ。ありゃあ、豪軍のブリストル・ボーフォート爆撃機だ」

続けて砲術長が叫んだ。名前はよく知っているが、池崎がボーフォートを見たのは初めてだった。誰もが一瞬、虚を衝かれたような顔になった。だが、爆撃も雷撃もできる点はB25と同じである。脅威に変わりはない。全員の表情はすぐ元通り引き締まった。

「高度三千から三機、降下してきます」

今度は爆撃だ。迫田が取舵一杯を叫ぶ。後方に目を向けると、明風にも別の三機が接近していた。そのとき、そのうちの一機に黒煙が上がり、翼の一部が折れて飛んだ、と思うと、たちまち錐揉み状態になった。

「明風、一機撃墜」

見張り員が弾んだ声で報告したが、歓声を上げる暇はない。こちらに向かっている三機は、懸命の対空射撃をかいくぐってなおも近付いている。真上を通過する、と思った瞬間、迫田がまた面舵一杯を下令し、直後、敵機が爆弾を落とした。池崎は伝声管を摑んで、両足を踏ん張った。

艦の両側で大きな水柱が上がり、衝撃に艦体が震えた。が、幸い命中の衝撃は来なかった。

「よしっ、かわした」

水雷長がこぶしを握って叫んだ。しかし迫田は冷静に前方上空を指して言った。

「次の奴が旋回してる。また来るぞ」

「くそっ、やりたい放題だな」

水雷長が憎々しげに敵機を睨んだ。水雷長の言う通り、上空直掩のない軍艦は、空からの攻撃には絶対不利だった。ハリネズミのように対空火器を並べても、数の勝負になれば分が悪い。この陽炎型駆逐艦の対空装備は、十二・七センチ連装砲三基六門と、二十五ミリ連装機銃二基だけだった。主砲は対空射撃もできるが、対空用の高角砲に比べると弱い。逃げ切れるかどうかは、運に頼るところが大きい。

「明風が……」

水雷長が左舷を指差した。そのずっと先で、隊列が崩れて前方に出た明風の周囲に、水柱が何本も立ち上がるのが見えた。明風の姿は、水柱の中に消えた。

（やられたか！）

池崎は歯を食いしばった。艦橋の全員が、自艦のことも忘れて固唾を飲んだ。が、数秒後、水柱がおさまると、前進を続ける明風の姿が見えた。艦上に炎も黒煙も見えない。

(無事だったか)

安堵の溜息が、一斉に漏れた。明風の速度は落ちていないようだ。それでも、飛び散った何かの破片が落ちてくるのがちらっと見えた。かなりの至近弾だったらしく、全く無傷とはいかなかったのだ。

「敵二機、二七〇度、距離千、高度二千、突っ込んできまーすッ」

「取舵一杯」

僅かの間、明風に意識を向けていたが、その間にも敵はこの艦に襲いかかろうとしていた。

「来るぞ」

小矢部艦長が怒鳴った。反射的に足に力が入る。落ちてくる黒い塊が、一瞬見えた気がした。

激しい衝撃と共に、艦首のすぐ右側に巨大な水柱が上がった。一呼吸置いてそれは崩れ落ち、ついさっきまで敵機に向けて射撃していた一番連装砲を、真っ白いしぶきで覆い隠した。

今度も命中弾はなかった。だが、敵はまだ居る。左前方の空で、残る敵機が三機、旋回しているのが見える。やがて敵機は別れ、一機が右にバンクし明風に向かった。残り二機は視界から消えた。反対側から明風に向かったか、こっちに回り込むのか、と思っていると、伝声管の向こうで後部見張り員が、二機が迫って来ると叫んだ。

後ろから来たか。池崎は顔を顰めた。攻撃方向を変えて、追い越しざまに爆弾を投下する気だ。後部の四門の主砲と正対するので危険は増すが、爆弾の命中確率も上がる。

「面舵一杯！」

そうはさせるか、とばかりに迫田が号令する。だが、敵機の方が早い、池崎はそう思った。

それでも何とか艦首は回頭し、激しいエンジン音と共に、敵機が斜めに上空を横切った。機銃弾がその後を追う。同時に、衝撃が来て水柱が艦を囲み、視界が真っ白になった。

池崎は我に返った。艦は変わらず、ちゃんと走っていた。思わず目をつぶっていたらしい。

「各部状況知らせ」

小矢部が伝声管に怒鳴る。次々に、異常なしの報告が来た。どうやら、また虎口を脱したようだ。池崎は窓の外に目を凝らした。敵機の姿は、まだ小さく見えている。うち一機は、黒煙の筋を引いていた。機銃弾が当たったのだろう。墜落するかどうかはわからないが、僅かな一矢は報いることができたようだ。池崎は頭の中で計算した。ボーフォートの爆弾搭載量は、決して多くない。魚雷なら一本、二十五番（二百五十キロ爆弾）クラスなら二発というところだったはずだ。まだ爆弾を投下していない機が残っているだろうか……。

「敵機、二一〇度、距離三千、高度二千、遠ざかります」

見張り員の声に、全員の顔がぱっと明るくなった。敵は、引き上げていくのだ。

(切り抜けたか……)

肩の力が抜け、疲労がどっと噴き出した。ひどく長い時間が経ったように思えたが、時計を見ると、戦闘が始まってから十五分も経っていなかった。池崎は敵機が去った時刻を戦闘記録に書き込み、ペンを置いた。

「どうも、思ったより下手くそな連中だったな。こっちは助かったが」

久住司令がそんな感想を漏らした。考えてみれば、十六機もの爆撃機に襲われて、二隻とも直撃弾がなかった、というのは奇跡的だ。こちらの回避も見事だったが、あちらの腕も確かに良くなかった。爆弾投下のタイミングは悪くなかったが、雷撃と爆撃の連携はお粗末だったし、そもそも雷撃機をもっと増やすべきだったろう。

「まあ、豪軍のボーフォートだった、というのはこちらにとっては幸運でしたかね」

迫田が付け加えた。言外で、米軍のB25だったら助からなかった、と言っているのだ。それについては、誰の思いも同じようだった。B25はボーフォートに比べると、航続距離も爆弾搭載量も二倍はあるのだ。あの程度の攻撃では済まない。

「いずれにせよ、これだけでは終わらんだろう。ラバウルまでの半分もまだ来てないんだ。今のうちに休んでおけ」

久住の言葉に、全員が「はい」と応じた。

艦橋を出ようとした池崎の耳に、迫田の呟きが聞こえた。

「しかし何で、米軍じゃなくて豪軍だったのかねえ」

池崎は足を止めた。ヌーリア奪還作戦は、オーストラリア軍の仕事だ。だからヌーリアから引き上げるこの駆逐隊を狙うのはわかる。しかし、我々を仕留めるなら、米軍に通報してポートモレスビーから足の長いB25を出した方が、性能の劣るボーフォートを出すより確実だったはずだ。まあ、こちらにとっては好都合だったが。

（いやいや、余計なことを考えている場合じゃない）

そういう思案は主計長の仕事ではない。それに、次に襲って来るとしたら、それは米軍に違いあるまい。無事に帰投できる確率は、まだ決して高くはないのである。

甲板に下り立つと、弾痕が幾つもできているのに気付いた。通り過ぎざま、ボーフォートが七・七ミリ機銃を撃ち込んでいったのだ。それを見つめていると、後のハッチが開いて、篠田が姿を現した。顔色は、やはりすぐれない。潜水艦のとき以上に盛んに急転舵を繰り返したものだから、艦内に詰め込まれた陸兵たちは、木箱の中で揺さぶられるジャガイモのような状態になっていただろう。

「篠田少佐、中は大丈夫でしたか」

「大……大丈夫です。頭をぶつけた者も居りますが、大したことはない」

大丈夫とは言っても、艦の動揺に至近弾の衝撃も加わって、陸兵たちは生きた心地がしなかったろう。ふと見ると、篠田の額に青痣ができていた。篠田自身も、頭を打ったらしい。池崎の視線に気付いたか、篠田はむっとしたように視線を逸らした。

「ヌーリアの激戦に比べれば、船に乗せてもらっているだけだから、大したことはない。皆、意気軒昂です。お気遣い、どうも」

篠田はそれだけ言うと、さっと踵を返した。池崎は肩を竦めた。意気軒昂？　それはあるまい。別に虚勢を張らなくてもいいのに。

騒がしくなったので振り向くと、両肩を看護兵に支えられた水兵と、担架に乗せられた水兵が運ばれてくるところだった。池崎は身を強張らせた。

「どうしたのか。機銃弾にやられたか」

「はい、機銃掃射を受けたときに、右舷の機銃座で。一人はかすっただけですが、担架の一人は一発食らっています」

「そうか。急いで運んでやれ」

看護兵が敬礼し、二人の負傷兵は艦内に消えた。池崎はその様子を、じっと動かずに見送った。

「あの、主計長殿。どうされましたか。顔色が青いですが」

後ろから声をかけられ、ぎくっとして振り向いた。見城少尉がそこに立っていた。

「ああ、いえ、何でもありません。そちらこそ、気分はいかがです」

見城の方は、ほとんど幽霊のように青ざめていた。

「ああ、いえ、面目ない話ですが、激しい回避運動で揺さぶられまして、すっかり酔ってしまいました。皆さんが対空戦闘で頑張っておられるのに、申し訳ありません」

見城は本当に済まなそうに言った。池崎は笑って手を振った。

「いえいえ、恐縮することはありません。無理もない話だ」

外がどうなっているのか見えず、自分たちではどうすることもできない状態で、いつやられるかという緊張の中、揺さぶられ続けたのだ。短時間とは言え、精神的には辛かったろう。

「いやぁ、ちょっと参りました。神仏に祈っている奴も居る始末で」

やはり意気軒昂とはいかなかったようだ。

「ちょっと一服しましょう」

池崎はポケットから煙草を出し、見城を喫煙場所に誘った。見城は嬉しそうに煙草を受け取り、池崎が火を点けてやった。

「助かります。潮風に吹かれて一服というのは、やはり格別ですね」

「脅すわけじゃないが、今のうちですよ。おそらく、次は米軍機が来る。そうなったら、さっきのように無事では済みません」

「ああ、そうでしょうね」

どこか悟ったような言い方だった。見城たちは、何が起ころうとこの艦の乗組員に全て(すべ)を任せるしかないのだ。

「ところで、ヌーリアってどんな島なんです」

池崎は話を変えた。いずれにしても、一度ゆっくり聞いてみたいと思っていたのだ。

「どんな島、と言うと、そうですねえ」

見城は小首を傾(かし)げた。

「いかにも南の島、という感じですが、小さくはないです。村が二つばかりあって、合わせて二百人くらいが住んでいます。鶏なんかも飼ってますが、仕事は漁師ですね。あくせくしないでも暮らしは立つようで、みんな、のんびりしてましたよ」

見城は小さく笑った。その、忘れられたようにのんびり暮らしていた平和な島を、こっちの都合で戦場に変えてしまったのだ。住民にとっては、甚だ迷惑な話だろう。

「鉱山があった、とか聞きましたが」

「鉱山ですか？　ええ、ありました。ですが、あれを鉱山と言うべきかどうか」

見城は煙を吐き出しながら、首を捻(ひね)った。

「掘ってはみたものの、ものにならなかった、という感じでしたね」

「鉱山を見に行ったんですか」

「ええ、上陸してすぐ、調べに行きました。もともと金鉱が見つかるのではと当てにしたようですが、出なかったとか。初めは五十人以上で試掘していたらしいですが、見込みがなくなってからも、他に目ぼしいものが出ないかとしばらく頑張ったものの、我々が上陸する前に諦めたみたいです。白人の管理人が残って掘りっ放しの坑道を後生大事に守ってたんで、捕虜にしました。最後の最後に、撤収の混乱の中で逃げられましたが」

「じゃあ、結局何も出なかったんですか」

「幾つか鉱物はあったようですが、商売にはならなかったみたいです」

その鉱山会社の連中にとっては、運の悪い話だった。骨折り損のくたびれ儲け、とはこのことだ。

「せっかく占領したんですから、何か役立つものはないかと思って、我々も調べてみたんですがね。所詮素人ですし、鉱山技師の派遣を要請しようかと考えているうちに、豪軍が上陸してきました」

「戦闘は、かなり激しかったんですか」

「ええ、こっちは増強二個中隊の五百名余りでしたが、向こうは連隊規模の兵力でした。こっちには大隊砲（七十ミリ砲）二門と重機関銃が二挺、軽機関銃が十挺くらいなのに、あっちは重砲と軽戦車まで装備してましたからね。まともにやり合ったら勝ち目がありません。それで、ジャングルに入って敵を分散させ、各個撃破することにしたんです」

見城はそれからしばらく、ジャングル戦の様子を話した。重火器の使えないジャングルでは、少人数でも思った以上の効果を上げることができたらしい。ただ、補給がないので食糧には苦労したようだ。多くは語らなかったが、見城は時々言葉を詰まらせた。

「百名余り失いましたが、何とかおかげさまで、こうして生きています」

見城はそう言って笑みを見せたが、明るい笑いではなかった。早々に放棄が決定されたおかげで、ガダルカナルの二の舞を避けられたのは、良しとせねばなるまい。だが、そんな価値の低い島のために百名以上が失われたと思うと、忸怩たるものがあった。

「この艦に乗せてもらって、握り飯を貰ったとき、本当に涙が出ましたよ」

見城は昨夜を思い出してか、俯き加減になった。池崎は煙草をもう一本、差し出した。

「我々も、出来る限りのことはやります。無事ラバウルに着けると信じましょう」

「はい。ありがとうございます」

見城は煙草を受け取り、深く頭を下げた。

後から思えば、このとき既に事件は起きつつあったのだ。だが、犯人以外は誰もそれに気付いていなかった。

夕闇が訪れた。誰もが恐れた米軍機の空襲は、まだなかった。さすがに夜になれば、空襲の可能性はぐっと下がる。夜間に長距離を飛んで海上を航走中の艦船を狙う技量を持つ搭乗員は、米軍と雖も多くはない。しかし潜水艦に対しては、警戒を怠るわけにはいかなかった。乗組員は、昨夜に続き眠れぬ夜を過ごすことになる。

艦は第二戦速を保って、ジグザグに航行していた。到着時間は大幅に延びるが、対潜警戒には必要なことだ。ほぼ全ての灯火を消しているので、後方の明風から見えるのは、小さな信号灯と岩風の航跡と黒い影だけのはずだ。

池崎は、煙草を吸うためまた上甲板に上がっていた。攻撃があれだけで済むとも思えず、どうにも落ち着かない。甲板には、乗組員の他、陸兵らしい影もちらほら見える。誰もが同じ思いなのだろうか。やがて艦が何十回目かの転舵で取舵を切り、艦が右に傾いた。

そのときである。池崎は妙な気配に、はっとして右舷を見た。今、確かに何か落ちたような水音がした、と思った。

池崎は出しかけた煙草をしまって、舷側に駆け寄った。後方の海面を見たが、何も見えない。いや、ちらっと何かが見えたような気がした。あれは人間の背中ではなかったか。もう一度目を凝らしたが、何も見えなかった。気のせいだったかも知れない。

ふと甲板に目を戻した。十メートルほど後方で、向田兵長がやはり暗い海面を見つめていた。月明かりでぼんやり浮き上がった顔に、戸惑った表情が浮かんでいる。

「向田！　どうした、何か見たか」

　向田はびくっとしてこちらを向くと、驚きを顔に出した。

「主計長、居られたんですか」

「ああ、煙草を吸いにな。何か海に落ちたような気がしたんだが」

　その言葉に、向田の顔が強張った。

「主計長は何かご覧に？」

「いいや。お前はどうなんだ」

「は、それですが……」

　向田は何と答えたものか困っているようだ。池崎は目で続きを促した。

「実はその、人が落ちたのを見たような気がしまして……」

「何？　それは大変じゃないか。気がする、とはどういうことだ」

「舷側から乗り出す背中がちらっと見えたように思ったんですが、そのまま目を逸らしてしまって、えっと思って目を戻したら、もう見えませんでした。ですが、そのとき海面で水飛沫を見たような……」

　向田の話はどうも曖昧だった。池崎は苛立った。

「そんな曖昧なことでどうする。はっきり思い出してみろ」

「は、はい……やはりあれは、落ちたのではないかと。陸軍の兵隊だと思います」

「陸軍の兵だと？　悲鳴とか、声は聞こえなかったのか」

「それは、聞こえませんでした」

「くそ、何てこった」

池崎は、ついてこいと向田に言って艦尾に走った。艦尾近くの爆雷装塡（そうてん）台のところに水兵が居たので、その男を摑まえた。

「おい、人が落ちたのを見なかったか」

「えっ、誰か落ちたのですか」

「まだわからん。何も気付かなかったのか」

「はい、自分は海面を見ておりませんでしたので、何も」

水兵は当惑するばかりだった。池崎は艦尾旗竿（はたざお）のところまで走ると、航跡の続く海面を睨んだ。やはり何も見えない。二十一ノットで走る艦から落ちれば、あっという間に見えなくなってしまうはずだ。池崎は諦め、向田と共に艦内に戻ると、篠田部隊長を捜した。

篠田は士官室に、一人でぽつんと座っていた。艦の士官は、対潜警戒で配置についている。顔色を見ると、まだ船酔いしたままのようだ。池崎が前に立つと、篠田は顔を上げ、ぼうっとしていた顔を慌てて引き締めた。

「何か」

「篠田少佐、そちらの兵が一人、上甲板から海へ転落した可能性があります。至急、点呼を取って下さい」

「兵が落ちた？」

篠田は眉間に皺を寄せた。が、すぐに立ち上がった。

「わかった。すぐ点呼をとります」

篠田は小隊長や分隊長の居る、兵員食堂へ向かった。艦内配置を熟知している池崎が先に立ち、急ぎ足で誘導する。

篠田は食堂に入るなり、各隊長集合を号令し、集まった小隊長、分隊長に直ちに点呼をとって、行方不明者がいないか確認するよう命じた。そのときである。

「小隊長殿、大変です！」

そう叫びながら駈け込んできた者たちが居た。集まっていた全員が、驚いてその連中を見つめた。池崎はその連中の顔を見てはっとした。昼間、空襲の前に甲板で笹尾という上等兵を取り囲んでいた三人だった。

「部隊長殿の前だぞ。いったい何事かッ」

見城が叱責すると、三人は篠田に気付いてぎょっとし、慌てて姿勢を正した。

「笹尾上等兵が、海に転落いたしましたッ」

「何だと？」

見城と篠田が、反射的に池崎の方を向いた。が、おそらく一番驚いたのは池崎自身だったろう。落ちたのはあの笹尾上等兵だと？　しかもそれを報告に来たのが例の三人？　これは非常にきな臭い話になったぞ。

「どういうことか、説明しろ」

見城が語気を強めた。三人を代表して、軍曹が話し始めた。

「はっ、自分たちはこの隅の方に居りましたが、空襲のとき船がひどく揺れまして、笹尾は頭を打って朦朧（もうろう）としておりました。自分と小月（おづき）伍長と長沼（ながぬま）一等兵とで面倒を見ておりましたが、もともと笹尾は船に弱く、ぐったりしてしまいまして。夜になっても具合が悪そうなので風に当てた方が良かろうと、皆で笹尾の体を支えながら、上へ連れて行ったのであります。そうしたところ……」

軍曹が言うには、しばらく座り込んで潮風を浴びていた笹尾が、急に吐きそうになり、船べりに駆け寄って吐き始めたところ、船が舵を切ったので、その反動で手すりを越えて落ちてしまった。自分たちはびっくりして、浮き輪か何か、つかまるものを投げてやろうと探したが、笹尾の姿はすぐに見えなくなった。すっかりうろたえて、必死で笹尾を呼んだが答えるはずもなく、我に返って大慌てで報告に来た、と、そのようなことだった。

「誰か、蒲原（かんばら）軍曹と笹尾上等兵が甲板に上がっていくのを見た者は居るか」

周りを見回して、見城が問いかけた。すると、一人の上等兵が手を挙げた。

「小隊長殿。自分が、蒲原軍曹殿と小月班長殿が笹尾を支えて出て行かれるのを見ました」

　それを聞いてもう一人、一等兵が手を挙げた。

「小隊長殿、自分も見ました」

「よし、わかった」

　見城は証言した二人に頷いてから、軍曹の方に向き直った。

「なぜ早く報告せんかッ」

「申し訳ありませんッ」

　蒲原というらしい軍曹は、下を向いて肩を震わせた。

「自分たちが余計なことをして、上に連れてなど行かなければ、笹尾は……」

「もう良いッ」

　篠田が蒲原の繰り言を止めた。

「悔やんでもどうにもならん。笹尾は運が悪かった。本件は、ラバウルに着いてから改めて聞く。今夜はこれで解散！」

　篠田は見城に、後は任せると言うように軽く頷いて、さっさと兵員食堂を出て行った。

　見城はそれを敬礼で送ると、池崎の方へ寄り、頭を下げた。

「主計長殿、本艦の皆さんにはご迷惑をかけました。お詫びします」

「いや、迷惑などとんでもない。こちらこそ、こういう状況下なので捜索はできず、申し訳ない」

それは当然です、とにかくお騒がせしましたと言って、見城はまた敬礼した。池崎は艦長に報告しますと告げ、その場を離れた。食堂を出るとき、もう一度蒲原軍曹と小月伍長の顔を見た。二人は、窺うような目でこちらを見ていたが、目が合いそうになるとさっと逸らした。池崎は肩を竦めた。奴らめ、怪しさ満点ではないか。

「それで、転落したのは間違いないんだな」

報告を受けた小矢部艦長が、念を押すように言った。久住司令は自室に引き上げている。

「はい。陸軍の方の話は、はっきりしております」

池崎が答え、小矢部は止むを得ん、というように頷いた。一人が落ちたからと言って、敵潜水艦の危険が予想される中、引き返して捜索するわけにはいかない。兵一人のために他の陸兵と乗組員、四百数十名を危険にさらすことは、論外だった。

「つまり、船酔いで舷側から吐いていたところ、艦が転舵して傾いた拍子に平衡を失って落ちた、と言うのか」

横合いから迫田が尋ねた。転舵を命じているのは航海長である迫田なので、寝覚めが悪いのかも知れない。

「少なくとも、居合わせた陸軍の三人はそう言ってる」

「主計長、何か不審な点でもあるのか」

棘（とげ）のある言い方に気付いた小矢部が問うた。池崎はどう言おうかと少し迷ったが、やはり自分の疑いについては、全部話しておくことにした。

「は、実は空襲の少し前のことですが……」

池崎はそのとき目撃した蒲原軍曹らと笹尾との様子を話した。小矢部艦長と迫田の目に、明らかな興味が浮かんだ。

「ふむ。すると何か、主計長はその笹尾とやらが、軍曹ら三人に海に投げ込まれたんではないかと心配しとるわけか」

小矢部は池崎の思っていることを口にした。

「いくら何でも、そりゃあ飛躍が過ぎないか」

迫田が首を傾げた。

「要するに殺人ってことだろう。だとすると、動機は何だ」

「そんなことまで、わかるもんか」

池崎は困って言った。状況を見るに、蒲原軍曹らの報告はどうも信用できない、というだけで、それ以上の何かがわかっているわけではない。

「けど、強いて考えるなら、ヌーリア島であったことが原因だろう。蒲原軍曹ら三人と笹尾の共通の接点は、あの島しかないだろうからな」

「今さらそんな、とか言ってたんだろう。島へ行く以前の話かも知れんぜ」

「だったら、島に居るうちに決着をつけているんじゃないか。しかもこの艦で、我々乗組員が居るのに危険を冒してその目をかいくぐったんだ。ラバウルへ着くまでに片付けてしまいたかったんだろう」

「切羽詰まってた、ということか。いったい何なんだ、そりゃ」

「ふむふむ、なかなか面白いじゃないか」

池崎と迫田のやり取りを聞いていた小矢部が、笑って言った。

「主計長、やっぱり噂通りの探偵ぶりだねえ」

「探偵ですって？　艦長、その噂とは……」

「なあに、君はあちこちで、いろんな事件を解決しとるらしいのう。さすがに殺人事件の話は聞いとらんがね」

「いえその、そんな話をどこで」

「まあ、いいじゃないか。噂なんて、どこからでも聞こえてくるさね」

小矢部は困惑する池崎を揶揄するように笑った。気付けば、迫田もニヤニヤしている。やれやれ、まさか連合艦隊中の噂になっているのではあるまいな。

「で、向田兵長は、その投げ落とすか突き落とすかしたところは、見てないのか」

迫田が改めて聞いた。

「うん。もう一度確かめたんだが、やはりはっきり見ていないそうだ」

「そいつは残念だな。向田が最初から見ていれば、その軍曹殿の言う通り事故だったのか、それとも殺人だったのか、文句のつけようもなくはっきりしたのにな」

「確かに、そうだったら探偵の出る幕はない」

迫田はまた笑うと、時計を見て真顔に戻り、伝声管で「とーりかーじ」と命じた。操舵室からすぐ復唱があり、一呼吸おいて「取舵二十度」と報告が来た。岩風は、もう何度目になるかもわからない変針を行った。恐れていた潜水艦は、現れない。月に照らされた黒い海面に、ただ二隻の描く之の字の航跡だけが、白く続いていく。


艦橋を下りた池崎は、そのまま士官室に向かった。もしかすると、篠田がまだ一人で座っているのではないかと思ったのだ。であれば、聞いておきたいことがあった。

「篠田少佐、お邪魔していいですか」

果たして篠田は、兵が海に落ちたことを知らせに行ったときと同じく、ぼんやり座っていた。いつまで経っても船には慣れないようだ。池崎の顔を見ると、また何事か起きたかと眉をひそめた。

「ああ、いえ、何か起きたわけじゃありません。ちょっと話を、と」

「ああ……どうぞ」

篠田は大儀そうに顎で卓の向かいの椅子を示した。池崎は頷いて腰を下ろした。

「笹尾上等兵の件、ですか」

いま共通の関心事と言えば、それしかないだろう、という顔だ。池崎は「ええ、まあそんなところですが」と曖昧に応じた。

「彼の家族は？」

「確か笹尾は東京の出だった。家族はそこに居るはずだ」

篠田の口調は素っ気なかった。プライドの高そうな男だが、部下に冷淡と言うより、船酔いで喋るのが億劫、という感じだ。

「応召兵ですよね。召集される前は何を」

「商店の事務員か何かだと思うが……詳しく知りたければ、見城に聞いて下さい」

「ああ、いやいや。ちょっと思っただけですから。あの蒲原軍曹の方はどうです。なかなか強面に見えましたが」

「蒲原は、もとはどこかの鉱山の鉱夫ですよ。召集されて、軍隊の方が性に合っていたらしく、居付いたんです。まあ確かに、体は頑丈なようだ」

島で栄養不足になったせいで陸兵たちは皆痩せ細っており、蒲原も例外ではないが、それでも骨格と鋭い眼を宿した顔つきは、頑健さを目立たせていた。彼なら、笹尾一人くらい舷側から放り出すのに苦労はあるまい。だが、池崎の興味を引いたのはそのことではない。

「鉱山ですか？　そう言えば、ヌーリアには鉱山があったそうですね」

篠田が、それを聞いてどうするんだと言うように怪訝な顔になった。だが、隠すほどのことでもないと思ったようだ。

「ええ、ありました。ただ、閉山したも同然だったが」

「では、その鉱山は上陸時の目標ではなかったわけですか」

篠田は一瞬顔を顰めたが、頷いた。

「上陸してみたら見つかった、というようなものです。だから重要なものじゃない。実際、我々が行ってみると何も掘ってはいなかった」

「完全に放棄されていた、と？」

「いや、一応、管理人は居た。白髪交じりのオーストラリア人と、島の男二人です。我々が上陸する直前までは、技師や鉱夫が二、三十人居て試掘のようなことをしていたらしいが、既に去った後だった」

「その鉱山は、調べたんですか」

「見城少尉に命じて、何人か連れて調べにやりました。結局、目ぼしいものは見つからなかった。ただ……」

篠田は少し考え込んだ。池崎はそのまま待った。

五秒余り間を置いてから、篠田は先を続けた。言っても害はないと判断したのだろう。

「英語のできる見城少尉が尋問したが、オーストラリア人の管理人は、何も知らないか、或いは知らないふりをして、どうでもいいことしか話さなかった。だが、後で島の男のうち一人が、白人は金鉱を探しに来たが見つからず、代わりにジル何とかというものを見つけたが、これもモノにならなかったようだ、と、そんなことを言っていました」

「ほう。その何とやらは、あなたがたも見つけたんですか」

「いや、見つからなかった。見てもわからなかった、という方が正しいか」

珍しく篠田が、苦笑した。

「見城らが管理人のところにあった書類をざっと調べたが、大したことは書いていなかったようです。後で自分も鉱山の事務所を見に行ったが、金庫も戸棚もほとんど空だった。そもそも、ジル何とかという鉱物なんか、自分は聞いたことがない」

鉱物と言われて池崎も首を捻った。

「いや、私もそういうものはさすがによく知りません。しかしオーストラリアの鉱山会社が放棄したなら、掘り出しても元が取れない代物だということでしょう」

「まあ、そうでしょうね」

篠田が面倒臭げに頷いた。

「その管理人は？」

「一応、捕虜として扱っていたんですが……我々が撤収する際、姿が見えなくなった。監視が途切れたとき、逃げて味方のもとへ行ったんでしょう。今となっては、もうどうでもいいが」

篠田は、ふっと溜息をついてから池崎に向かって聞いた。

「なぜ鉱山などに興味があるんです」

「いえ、興味と言いますか、見城少尉からもそんな話を聞いたもので」

それで納得したかどうか知らないが、篠田はどうでもよさそうに「ああ」と生返事をした。話しているうちに、また気分が悪くなってきたのだろう。

鉱山について、篠田の話は見城に聞いたのとほぼ同じだった。ヌーリアは大して特徴のない島で、飛行場もなかった。他と変わったものと言えば、その鉱山だけなのだ。笹尾が殺害されたとして、その原因がヌーリア島にあるなら、鉱山が関わっているのではと思ったのだが、明確には見えてこなかった。

「聞きたいことは、それぐらいですか」

篠田は、もういい加減、話を終わらせたいようだ。顔色もさっきより悪い。

「ええ、まあ……そうですね」

池崎は歯切れ悪く答えた。それから、どうしようかと少し迷ったが、やはりここで言っておくべきだろう、と決めた。

「あと一つ、大事なことが。笹尾上等兵は、ただ海に転落したのではありません。投げ込まれた、つまり殺害されたと思われます」

篠田は、一瞬ぽかんとした。何を言われたのかわからなかったようだ。が、すぐに意味を理解し、目を剝いた。

「殺害？　笹尾は殺されたと？　誰に」

「蒲原軍曹と小月伍長らにです」

「な……何だって」

それまで青かった篠田の顔が、たちどころに真っ赤に染まった。

「貴官はわが部隊の兵が、この艦内で戦友を殺したと言うのかッ」

篠田は卓を平手で叩き、身を乗り出して池崎に詰め寄った。

「皇軍兵士に、ましてわが部隊に、そんな不心得者は居らん！　何をもってそのようなことを言うのか。誰か見た者でも居るのかッ」

「見た者は居りません」

「見た者が居ない？」

篠田の眉が吊り上がった。馬鹿にされたとでも思ったのだろう。

「誰も見ておらんのに、うちの兵を人殺し呼ばわりするつもりか」

「いや、誰も見ていないことが、まさに問題なんです」

「何？　いったい何を言ってる」

傍らに軍刀があれば、抜き放っているような勢いで篠田が噛みついた。池崎は動じなかった。

「もし甲板から仲間が海に落ちる、あるいは落ちそうになったら、どうします。危ない、とか、ああッ、とか、何か叫び声を上げるでしょう。それが自然です」

「だから何だと言うんだ」

「笹尾上等兵が落ちた周辺の甲板には、配置に付いていたり休憩していた乗組員が何人か居ました。私もです。その誰もが、叫び声など一つも聞いていない。蒲原軍曹は、落ちた笹尾の名を呼んで海面を捜した、と言うのに、それもです。唯一、私の部下の向田兵長が、何か見たような気がする、と言っただけです。もし誰かが叫び声を上げていたら、皆がそっちを見たはずだ。でも、そうじゃなかった」

篠田からの反論はなかった。池崎に言われたことを、考え始めたようだ。

「それにですよ、落ちた笹尾自身も、声を上げていない。誤って落ちたなら、その瞬間に悲鳴か何か、叫ぶでしょう。なのに、それさえなかった。静かすぎるんです」

「どういう……ことなんだ」

「つまり、笹尾は甲板に上がったとき、既に意識がなかったんじゃないかと。もしかすると、もう死んでたかも知れない。そういう状態なら、いかにも力のありそうな蒲原軍曹のことです。一瞬で笹尾を海に放り込むぐらい、充分できたでしょう。そうでなければ、甲板に居た他の誰もが気付かなかったという説明がつかない。しかも、蒲原軍曹たちは近くに居た乗組員にも誰にも、助けを求めなかった。食堂に集まった我々のところに報告に来るまで、誰にも知らせていないんです」

篠田は、うーむと唸ると乗り出していた身を引き、どしんと音を立てて椅子（いす）に腰を落とした。

「しかし、いったいなぜ……まさか人殺しなど……」

また青ざめた顔に戻った篠田が、まだ納得できない様子で呟いた。それから、はっとした様子で顔を上げた。

「鉱山のことをいろいろ聞いたのは、殺害の原因になったことを探っていたのか」

「はい。通常と変わったことと言えば、思い付くのは鉱山くらいです。ただ島に駐屯していただけなら、喧嘩（けんか）程度はあっても、計画的な殺人を犯すようなことは、ありますまい」

「計画的な殺人……」

知らない外国語でも聞いたように、篠田は半ば呆然として繰り返した。

「いったい鉱山の何が原因になったと言われるのか」

「いや、正直なところ、そこまではまだわかりません」

「ならば……」

篠田は苦い顔で池崎を見た。とんでもない厄介事を引っ張り出してくれたと思っているのだろう。それは池崎のせいではないのだが。

「証拠は何もないんでしょう。いずれにせよ、これは陸軍の中の問題だ。今後の処置は、こちらに任せていただきたい」

「わかりました。ですが艦内に居られるうちは、これ以上の事件はご免です」

池崎としても、乗組員が巻き込まれさえしなければ、あえて面倒をしょい込むつもりはない。

「では、失礼します。後はよろしく」

池崎は、憮然（ぶぜん）とした様子の篠田を置いて、士官室を出ようとした。そのとき、ふいに篠田が後ろから声をかけた。

「主計長。なかなかの探偵ぶりですな」

それは皮肉に聞こえた。やれやれ、またか。池崎は溜息をつくしかなかった。

敵潜水艦は、夜が明けるまで来なかった。夜中に一度、戦闘配置が下令されたが、波に反射する月光を過敏になっていた見張り員が見誤ったものだった。前日に潜水艦に発見された上、豪州空軍の攻撃も受けたというのに、この夜は不気味なほど何事も起きなかった。これは相当な幸運と言うべきなのだろう。

曙光が差して来た頃、池崎は甲板に出た。どんな状況下であれ、やはり大海原で浴びる朝日は気持ちがいい。池崎は早朝の潮風を胸一杯に吸い込み、歩き出そうとした。

そこで、ぎょっとして立ち止まった。ハッチに近い甲板上で、何人かの陸兵が寝ていたのだ。池崎は一番手前の兵を危うく踏んづけるところだった。

「ああ、何だ……」

池崎に踏まれかけた兵が目を覚まし、面倒臭そうに見上げてきた。そこで目の前に立っているのが士官だとわかったらしい。飛び上がるようにして立ち上がり、敬礼した。

「しっ……失礼いたしました、大尉殿」

鷹揚に答礼を返して見ると、その上等兵の顔には見覚えがあった。

「おう、確か君は昨夜、笹尾上等兵が蒲原軍曹らと上甲板へ出るのを見た、と言っていたな」

そう言われて、上等兵も池崎が昨夜あの場に居た士官だと思い出したらしい。顔に緊張が増した。

「はい、そうであります」

「こんなところで寝ているのか」

「は、申し訳ありません。中はあまりに暑いもので、つい風通しが良いところを、と」

「そりゃあ甲板の方が涼しいに決まっているが、敵潜水艦が現れたらどうするんだ。こんなところで丸太ん棒みたいに転がっていられちゃ、戦闘配置の邪魔もいいところだ」

「も、申し訳ありませんッ！」

上等兵が青くなって詫びた。寝ていた他の兵は、危険な気配を感じたらしく、そそくさと消えて行った。

「まあいい。以後は艦内でじっとしておれ」

「はいっ」

確実に殴り倒されると思っていたらしい上等兵は、直立不動のまま安堵を目に浮かべた。池崎も、海軍の水兵ならともかく、陸軍の兵を殴ろうとは思わない。

「会ったついでだ。昨夜の話をもう少し聞かせてくれ。笹尾上等兵は、そのときどんな様子だった。ちゃんと自分で歩いていたか」

「は？　ええと、はい、歩いていたかと言われますと……」

痩せ細った上等兵は、目をぐるぐる回して懸命に記憶を探っているようだ。やがて、はっきり思い出したらしく、目が輝いた。

「あっそうだ。歩いていたと言うより、引きずられているようでした。かなり参っていたようであります」

「もう少し詳しく頼む。どんな様子だった」

「は、軍曹殿と班長殿が両脇を支え、長沼一等兵が背中を後ろで支えるような恰好(かっこう)でした」

「そうか、よくわかった。ありがとう」

「いえ、とんでもない」

上等兵は、なぜそんなことを気にするのかと疑問に思ったろうが、士官に対してそれを直に尋ねるような真似はしなかった。

「君は笹尾をよく知っていたのか」

「よく、というほどではありませんが、生まれた村が近いので、多少は」

「笹尾は商店か何かに勤めていたと聞いたが、村を出て東京へ行ったのか」

「そうであります。確か、質屋の店員だったと思います。ええと、金属の、何でしたか、その」

「質屋？　なら、貴金属か」

「あ、それであります。その貴金属を担当していたとかで。召集されるまでは羽振りが良かったようなことを言っておりました」

「ふうん……よし、もういい。行け」

解放された上等兵は、何だかよくわからない様子でとりあえず敬礼すると、すぐ艦内に引っ込んだ。

（思わぬ収穫だな。やはり笹尾は、上甲板に連れて行かれるときには意識がなかったん

だ)

笹尾殺害の状況証拠が、また増えた。質屋の店員だったことについては、そのことに何か意味があるのか、今はわからなかった。

そのまま艦橋に上がってみると、久住司令と小矢部艦長の姿はなく、迫田が指揮を取っていた。

「おう、どうやら夜は無事に済んだな」

迫田が振り向き、軽い調子で言った。が、その目には疲れが見えた。

「司令と艦長は」

「仮眠しておられる。三十分ほどしたら呼ぶよ」

迫田は顎で艦長室の方を示した。池崎は頷いて行く手に目を向けた。茫漠(ぼうばく)たる海面が広がるだけで、島影は見えない。

「来る時よりだいぶ時間を食っちまったが、あと百海里ほどだ。昼前には着くぞ」

何事もなければ、だな。池崎は内心で一言付け加えた。この辺りまで来れば、友軍機の行動範囲だ。しかし同時に、ポートモレスビーやガダルカナルに居る敵機の行動範囲内でもある。近辺で撃沈された友軍艦艇は、数多(あまた)あるのだ。

突然、伝声管から見張り員の声が流れ出た。

「前方、方位〇度に機影二、距離七千、高度千五百」

「総員戦闘配置」

迫田が伝声管に叫んだ。直ちにラッパが鳴る。軍装のまま仮眠をとっていた久住司令と小矢部艦長が、同時に艦橋に出て来て、即座に尋ねた。

「敵機か」

「まだ不明です。こっちへ……」

言い終わらないうちに、二機がこちらに向かって来るとの見張り員の声が響いた。

駆け上がってきたばかりの砲術長がそれを耳にして、久住と小矢部の顔を見た。小矢部が微かに頷く。砲術長はすぐさま、対空戦闘用意の号令を発した。やはりそう簡単には済まないか。池崎が唇を噛んでそう思ったとき、また見張り員が叫んだ。が、今度は声の調子が違った。

「味方戦闘機です。零戦二機、接近します」

味方機、との声に艦橋の一同の顔が、ぱっと明るくなった。間もなく前方に、肉眼ではっきりわかる単発機の姿が見えた。間違いなく、零戦であった。

「味方機だ。対空戦闘やめ。撃つな」

砲術長が伝声管に向けて言った。復唱が返るとき、後ろで歓声が上がったような気がした。

近付いた二機の零戦は、こちらを改めて確認するように高度を下げ、ぴったり並んで一航過した。そして戻って来ると、大きく翼を振った。艦橋の誰もが、相手に見えるかどうかは構わず、手を振り返した。甲板で配置に付いている者たちも、一斉に手を振っているだろう。

「こんな遠方まで哨戒するんですね」

迫田が感心したように言うと、久住が首を振った。

「あれはおそらく、我々の迎えだよ。無事を確認に来たんだ」

迫田と砲術長が、ああ、と声を出して大きく頷いた。池崎は去って行く零戦を、じっと追い続けた。敵機の行動半径に居ても、少なくとも我々は孤立してはいないのだ。

戦闘配置が解除され、零戦を見たこともあって、甲板上には束の間、ほっとした空気が流れていた。潮風と太陽のもとに這い出して来た陸兵も、少なからず見える。友軍の戦闘機を見たかったなどと言い合っている者も居た。それだけで安全が担保されるわけでは無論ないが、零戦の姿は、言い知れぬ安心感を見る者に与える。池崎とて例外ではない。

昨日よりは上向いた気分で後甲板へ歩いていた池崎は、ふと足を止めた。一番魚雷発射管の陰に、向田が居た。一人ではない。向田と対しているのは、蒲原軍曹と小月伍長に違いなかった。池崎は不穏なものを感じて、物陰から様子を窺った。

三人は、険悪な雰囲気というわけではなかった。だが、向田は随分と困惑しているようだ。蒲原が何か喋っているようだが、声を低めていて聞こえはしなかった。笹尾上等兵が蒲原らに囲まれていたときのことが、嫌でも思い出された。奴らは、向田に何の用があるのか。

　三人の話し合いは、二分ほど続いた。遠目には煙草のやり取りでもしているようにしか見えなかったから、池崎の他に注意を払う者は居なかった。彼らの声は、どうしても聞こえない。すると、蒲原がいきなり、くたびれた軍服の内側から何かを出して、向田に押し付けた。凶器などではない。ぼろきれで包まれた何かだ。向田はますます困惑した顔になったが、結局その包みを受け取って、ポケットに入れた。蒲原と小月は、満足した様子で向田の肩を叩き、その場を離れた。大柄な蒲原と小柄な小月が連れ立って歩み去る姿は、まるで狐（きつね）と狸（たぬき）の組み合わせに見えた。

　向田はその場に立ったまま、何か難しい顔をして考え込んでいる様子だ。いったい何を言われ、何を受け取ったのだろう。池崎は、たった今通りかかったように装って、向田に声をかけた。

「おう、どうした。何か陸軍の連中と話していたようだな」

「あ、は、はい。そうです」

「あれは昨夜、笹尾上等兵が海に落ちたと言っていた軍曹だろう。何の話だったんだ」

「はい、そのことの話です。せっかく島から撤退できたのに、ここで死ぬなんて残念だ、というような」

「ほう、そうか」

嘘だな、と池崎はすぐ思った。そんな話をわざわざ向田のところへ来て、するとは思えない。それに、受け取らされたあの包みは何なのか。

「なあ向田、さっきのだが……」

そう言いかけたときである。戦闘配置を告げるラッパが、また鳴った。池崎も向田も、話をやめて即座に走り出した。体の方が頭より早く反応するように鍛えられているのだ。

艦の速度が、ぐっと増すのが感じ取れた。

艦橋に駆け上がると、迫田が伝声管に「第五戦速」と伝えるのが聞こえた。こちらの顔を見るなり久住司令が言った。

「方位二四〇度から来てる。今度は味方じゃないぞ」

左斜め後方なら、ポートモレスビーから来た可能性が高い。先ほどとは打って変わり、艦橋内は緊張に包まれている。間もなく、双眼鏡で機影を捉(とら)えた小矢部艦長が言った。

「米軍の飛行艇だ。間違いない」

池崎にも見えた。確かに、米軍のカタリナ飛行艇だ。間を置かず、砲術長が撃ち方始めを下令した。

六門の主砲が次々に弾を吐き出し、飛行艇の周囲に黒煙の塊を湧き出させた。が、如何(いかん)

せん距離が遠かった。二隻の主砲がただ一機の飛行艇を狙って集中しているのに、一発も当たらない。敵飛行艇も、それ以上なかなか接近しようとはしなかった。

「くそっ、ずっと触接されたら厄介だぞ」

吐き出すように迫田が口にした。カタリナ飛行艇は付かず離れずこちらに付きまとい、燃料の続く限り攻撃隊を誘導するに違いない。

暗澹（あんたん）たる気分になりかけたところで、天が味方した。

「敵飛行艇、引き返します」

カタリナは何を思ったか、急に大きく旋回した。どうしたんだと口にしかけたとき、見張り員が続けて報告した。

「三三〇度、味方機。敵飛行艇に向かう模様です」

小矢部が飛行艇に向けていた双眼鏡を、さっと前方に回した。

「お、零戦だ。連中、戻って来たぞ」

哨戒中だったさっきの零戦が、たまたま周回して来てカタリナを発見したらしい。間もなく零戦は池崎の目にも捉えられた。スロットルを開けて戦闘態勢に入ったらしく、さっきより一段と速い。二機の零戦は岩風に腹を見せてぐうっと右旋回すると、あっという間にカタリナに追いすがった。

鈍足の飛行艇は、戦闘機に追われたらひとたまりもない。必死で逃げようと高度を下げたカタリナのエンジンが、ぱっと火を噴いた。零戦の機銃弾が命中したのだ。カタリナはエンジンから黒煙を引いてしばらく飛んでいたが、やがて水平線近くに水飛沫が上がった。艦橋の面々から、「おう」という声が漏れた。零戦は再び右旋回して岩風の前方に出ると、誇らしげに翼を二度振ってから、ラバウルの方角へ飛び去って行った。

通信士が走り込んで来て、小矢部に電文を渡した。

「艦長、敵飛行艇の発した通信を傍受したものです」

電文を見た小矢部が眉間に皺を寄せ、久住に電文を回した。久住も渋い顔をする。やはり敵は、撃墜される前にこちらの情報を送信していた。ならば、敵機来襲は避けられない。

「敵機来襲が予想される。対空警戒、厳にせよ」

小矢部が全艦に伝えた。久住は少し考えてから、言った。

「よし、このまま第五戦速を維持、之の字運動はやめてラバウルに真っ直ぐ向かおう。一か八かだが、敵の攻撃隊が来ないうちに逃げ切れる方へ賭ける」

全員が久住の方を向いた。小矢部がニヤリとする。

「三十六計逃げるにしかず、ですな。承知しました」

迫田も悟ったように頷き、伝声管に向かった。

「針路、速度ともこのまま」

岩風は三十ノットの高速で直進を始めた。明風もこれに続く。攻撃隊に発見されれば万事休すだが、ここまで来ればラバウルに逃げ込める確率も、そう低くはない。二隻の駆逐艦は艦首に白波を盛り上げ、ただひたすら一直線にラバウルを目指した。

この部隊は、ツキに恵まれていた。後から何度も、そう言われた。

岩風、明風の二隻は、一一〇〇に無事、ラバウルに到着した。陸兵を降ろさねばならないので、岸壁に横付けである。岸壁には、第八方面軍司令官の今村中将以下、お偉方が綺羅星の如く並んでいた。ここまで手厚い出迎えを受けると思わなかった池崎らは、着岸しても緊張が解けることがなかった。

米軍機の編隊は、ついに現れなかった。後で聞いた話だが、近くの海域に居た輸送艦と哨戒艇の二隻が、航空攻撃で撃沈されていた。二隻の駆逐艦に向かうはずだった敵編隊が、目標を誤って攻撃したという噂もあるが、真相はわからない。とにかく池崎たちは、あれから攻撃を受けることなくラバウルまで航行できたのである。

その夜、祝宴が催された。艦隊司令長官は、今回は完璧な成功だった、まさに天祐我にあり、と熱弁をふるった。

「確かに天祐だったな」

酒が満たされた湯呑みを持って、迫田がぼそっと言った。

「正直、こううまく運ぶとは思わなかった。だって、往復千海里を超える行程だったんだぜ。丸三日だ。これだけの間、見つからずに済むはずはない。出撃のとき、俺も艦長も、今度は生きて還ることはあるまいと、本気でそう思ってたんだ」

「そうだなあ。実は俺も、そう思ってた。簡単な短距離の輸送任務に出て撃沈される艦もあるって言うのに、運命は気まぐれだよな」

二隻が受けた被害は、いずれも至近弾によるものだった。被害が大きいのは明風の方で、第二煙突付近に受けた至近弾で、そこに吊られていた内火艇が吹っ飛び、舷側鋼板が歪んでいくらか浸水し、戦死者も三名出ていた。岩風は機銃弾による負傷者二名と水中聴音器破損であった。全体として見れば、かすり傷のみで済んだのだ。艦隊司令部は、少なくとも一隻は失うと覚悟していたらしい。

「しかし、米軍がこれほど後手に回るとはなあ」

迫田の言うのももっともだった。二隻はオーストラリア軍に発見され、現にオーストラリア空軍の攻撃も受けているのだ。米軍にも当然情報は流れているはずで、次は米軍機が来ると腹を括っていたら、現れたのは飛行艇一機だけだった。何か、豪軍と米軍の間で連絡の齟齬があったのかも知れない。

「まあ確かに、来たのが豪軍だけだったのは幸運だったよなあ」

これが最大の幸運だ、と池崎は思う。あのボーフォート爆撃機部隊は、どうも艦船攻撃に慣れていないようだった。熟練の腕を持つ空母の艦上機などが相手なら、命中弾どころか確実に海底に送り込まれていただろう。だが、池崎の言葉を聞いて、迫田は呟くように言った。

「本当に幸運だけだったのかねえ……」

「え、何だって？」

池崎が聞き返そうとしたとき、迫田は既に誰かに隣の卓へと引っ張り込まれていた。池崎は肩を竦め、自分の湯呑みを干した。

（唯一、残念なのは笹尾上等兵の件か）

艦を降りてから、篠田には会っていない。向こうは向こうで、陸軍内の報告手続きに忙殺されているのだろう。篠田は蒲原らについて、どうするだろうか。

おそらく何もするまい、と池崎は思っている。最前線では、死は常に身近にある。上等兵一人が不慮の死を遂げたからと言って、軍法会議を開いてまで真相を追及する必要があるのか。とてもそれどころではない。篠田がこう考えているだろうことは、手に取るようにわかる。だからと言って、池崎が陸軍に物申すわけにもいかなかった。篠田が言った通り、処置を決めるのは陸軍なのだ。

（こうして、笹尾の無念は他の何万、何十万の将兵の無念の中へ、埋没してしまうのか）

池崎は、瞑目（めいもく）するしかなかった。唯一、引っ掛かるのは向田のことだ。聞きかけて終わったあのことは、戦闘配置がラバウル入港まで解かれなかったので、未（いま）だに聞く機会がなかった。しかし、聞いてどうなるだろう。笹尾の件に対して何も為されないのなら、向田に対しても、敢えて寝た子を起こす必要があるだろうか。

（もう、やめよう）

池崎も向田も、篠田も蒲原も、あとどれくらい生きていられるのかさえ、わからないのだ。一人の死者にこだわって、何になる。池崎は自分でそう決着をつけると、誰かが注いでくれた酒を一気に呷った。

後々、池崎はこのときの決心を、後悔することになる。

第六話

黄昏の瀬戸

――駆逐艦蓬――

(くちくかん よもぎ)※

級名
橘型駆逐艦
竣工
1945年3月31日
最期
1945年7月24日沈没
排水量
1,260トン
全長
100.00 m
最大幅
9.35m
出力
19,000馬力
速力
27.8ノット
乗員
211名
※蓬は架空の艦です。

　盛夏らしい、強烈な日差しが甲板を焼いていた。島の緑の上には入道雲が湧き、遠くの海面には小さな帆を立てた漁船が、何艘か出ているのが見える。飛び交うカモメの鳴き声以外には、舷側に打ち寄せる波の音ぐらいしか聞こえない。

(平和過ぎるほど、平和に見える)

池崎は周防大島の傍に錨を下ろした駆逐艦蓬の上甲板から、穏やかな昭和二十年文月の瀬戸内の海を見渡して思った。この風景だけを見ていれば、とても戦争中とは思えない。ソロモン海域の激戦を経験した池崎にとっては、この内地の風景を生きて目にできているだけでも奇跡に思えた。

ヌーリア島撤収作戦からしばらく後、池崎は陸に上がった。トラック泊地で陸上勤務に就いたのだ。そこで空襲にも遭ったが、無事切り抜けた。そして横須賀鎮守府への異動命令を受け、内地に戻ったのが去年の秋である。もうその頃には、内地への帰還にも大きな危険が伴う状況になってはいたが、池崎の乗った艦は無事横須賀に着いた。だが、それと相前後して、駆逐艦岩風は米軍のB25の攻撃を受け、撃沈されていた。小矢部艦長以下、乗組員の半数は艦と運命を共にし、その中には池崎のよく知る者も大勢居た。それでも、迫田航海長や砲術長は、負傷したものの救助されていた。救助された者の中には、向田の名もあった。

「主計長、烹炊所(ほうすいじょ)の蒸気漏れ、直りました」

蓬は駆逐艦の激しい損耗を補うため、戦時急造された丁型駆逐艦の一艦である。従来の艦に比べ、構造が大幅に簡略化されており、起工から僅(わず)か数カ月で完成した艦もあった。それでも決して粗製乱造のいい加減な設計ではなく、機関の配置が工夫されて一発の魚雷で航行不能にならないようになっていたり、水中聴音器が高性能の最新型になっていたりと、池崎にしてみれば、なぜこういう艦を早くから大量に造っておかなかったのかと文句を言いたいほどだった。とは言え、建造を急ぐ分、施工不良も目立ち、こういう細かい修理も度々必要ではあった。

「そうか。ご苦労さん」

池崎は振り返り、報告してきた相手を見やった。蓬に乗って、最も驚いたのは彼にまた会ったことだ。向田祐三兵長は、二等主計兵曹となって、池崎と共に、新造されたこの蓬に乗組んだのだ。海軍には何万という将兵が居るのに、三度もこうして上官と部下になるとは。向田はどう感じたか知らないが、池崎はある種運命的なものを感じざるを得なかった。

何度も激戦をくぐってきた経験は、お人好しの純朴な青年を、精悍で沈着な下士官に変えていたが、同時に激しく消耗させてもいた。向田はまだ三十にもなっていないのに、その顔は四十歳にも見えた。まあ、それは池崎自身にも言えるのかも知れないが。

無論、疲弊していたのは池崎や向田ばかりではない。帝国海軍全体が、もはや限界を超えていた。呉軍港を見渡せば、開戦前と同じくらい大型艦が碇泊している。だがその多くは損傷し、どの艦も燃料不足で動けなかった。動けるのは蓬など駆逐艦何隻かと、あとは潜水艦と特攻用の舟艇ぐらいである。蓬にしても、毎日行動できるような燃料はなく、近海で哨戒と訓練を行えば、次の日はこうして動かずにいるしかなかった。今、呉で見ることができるのは、威容を誇った帝国海軍の残骸であった。

「今日は静かですね」

向田が青空を見上げて呟いた。七月一日の夜中には呉市街が空襲を受け、中心部は焼け野原になっていた。三月には軍港が空襲されているし、間もなく再び軍港が襲われるだろうことは、誰もが予想していた。敵偵察機は何度も飛来し、空襲警報も度々鳴った。今日は今のところ、何事もない。蓬は駆逐隊司令の坐乗する艦であったが、碇泊中のため司令は呉に出向いていた。上級司令部である第十一水雷戦隊が解隊されたので、編成替えに関わる打合せのようだ。そのせいもあって、艦にはいくらか緩やかな空気が流れている。

「そうだな」

池崎もぼんやりと呟きを返した。今は静かだが、嵐の前の静けさかも知れない。それはお互い、充分にわかっていることだった。

蓬に乗って三カ月経つが、池崎は向田に、ヌーリア撤収作戦でラバウルに到着する直前に、蒲原軍曹とどんなやり取りをしたのか、尋ねてはいなかった。聞こうと思えばあの後、岩風から転勤するまでの間に機会はいくらでもあった。だが、もうその一件にはこだわるまいと決めて、敢えて聞こうとしなかったのだ。他に気にしなくてはならないことは、幾らでもあった。二年以上経った今、蒸し返して何の意味があるだろう。

篠田少佐も見城少尉も蒲原や小月も、ラバウルで別れてからその後の消息は一切聞いていなかった。部隊の配置は陸軍側の軍機に関わる話だから、池崎の知る由もなかったのだ。蒲原らがなぜ笹尾を殺したか、自分にわかることはあるまい。蒲原たちもどこへ転戦したか、今では笹尾と同じところに居るのかも知れない。

向田は池崎の思いは知らず、では失礼しますと言って踵を返し、艦内に戻って行った。

「主計兵曹は、真面目で熱心な方ですねえ」

向田について聞いたとき、最古参の主計兵長がそんな風に言っていたのを、池崎はふと思い出した。

「そんなに熱心かね」

「ええ、この艦に乗組むなり、烹炊所の設備から兵員室の配管まで、全部調べておられました。幾つか不具合も見つけられましたよ。何しろ急造艦ですからね。こう言っちゃなんですが、工廠の職工も腕が落ちてるし、自分たちでよく調べて、できることはやっておかないと、というのはよくわかります」

「なるほど、確かに配管などは緩みが出やすいだろうからな」

丁型駆逐艦とはだいぶ違うが、やはり突貫工事だった空母瑞鶴の蒸気配管と、それに絡んだひと騒ぎのことを、池崎は思い出した。あれは、帝国海軍が最も栄光に包まれていた頃だ。四年と経っていないのに、今では数万光年も離れた世界のような気がする。

「怪しそうなところは、いちいち機関科員に確認されました。下士官室の周りの配管なんか、特に念入りに調べておられましたよ」

自分のねぐらなのだから、いざというとき支障ないよう念を入れるのは当然だろう。向田が艦内全般を確認し、古参兵からも信頼されているようなのは、池崎としても喜ばしいことだった。

(やはり、最上に乗組んでいた頃からすると、ずいぶん成長した、ということなんだな)

いくらも年は違わないのに、池崎は老成した士官のような感想を持った。

午後になった。消耗品の在庫を帳簿で確認して捺印した池崎は、それで書類仕事を一段落させ、事務室を出た。戦争の行方がどうなろうと、艦があって乗組員が居る限り、主計科の仕事が絶えることはない。

上甲板で一度、伸びをして艦橋へ上がった池崎は、艦長の阿形利一少佐が双眼鏡を島の方へ向けているのを見て、おや、と首を傾げた。上空を見るのでも周囲を見渡すのでもなく、島の中の何を見ているのだろう。その方向には人家はなく、ただの緑濃い山だった。

「おう、主計長か。ちょっと来てみたまえ」

池崎に気付いた阿形が、双眼鏡から目を離して手招きした。阿形は三十五にもならないが駆逐艦長は二度目であり、レイテ方面から生還しただけあって、どこか達観したような雰囲気を漂わせている。

「はい、何でしょう」

「あれだよ。大島の、あの山の斜面だ。何をしてるんだろうね」

池崎は航海長の三沢恵蔵中尉から双眼鏡を借り、阿形の指差す方向に向けた。

「おや……木を切っているみたいですね」

さして高い山ではないが、その中腹あたりに何人も人が出て、動いていた。周囲の木が揺れ、枝の間から鉈を振るっている様子や、鋸のようなものがちらちら見えた。

「大勢でたくさん切っているようだが、どうするつもりかな」

「さあ……あれは雑木のようですから、材木にはならんでしょう。薪にでもするんでしょうか」

「冬場ならともかく、真夏に薪を集めても仕方ないように思うが」

「暖房用ではないのかも。何か火をたくことが必要な作業があるのでは」

「夏祭りの用意ではありませんか」

三沢航海長が横から口を挟んだ。艦が動いていなければ、艦長も航海長もわりに暇なのだ。だから些細な島民の動きが気になるのだろう。

「どうかな。今この状況下で祭りでもないだろう。貯めておいて乾燥させ、冬になったら使うのかな」

阿形はまだ首を捻っている。

「薪を貯めておくなら、毎日少しずつ落ちた枝でも拾い集めればいいでしょう。冬に備えて今日一斉に大掛かりな作業をする、というのはどうも解せません」

池崎が言うと、三沢がまた思い付きを口にした。

「陶器を焼く窯じゃありませんか。あれなら火を使うでしょう」

「そういう常に火を使う仕事なら、必要な炭や薪はいつでも用意しているでしょう。見たところ、村の大人が総出で作業しているようです。何か急に大量の木が入用になったんでは」

池崎の反論に、三沢は「それもそうですね」と言ってまた考え込んだ。それから、急に真顔になった。

「まさか……目印を作ってるんじゃあるまいな」

「目印？」

阿形が怪訝な顔で問い直した。

「ええ。真夏でどこの島の木々もよく繁っています。その中で一か所、広く木を伐採して地面が見えるようにすれば、上空からよく目立ちますから」

池崎と阿形は一瞬戸惑い、それから三沢が何を言わんとしているのか理解して、同時に吹き出した。

「おいおい、まさか大島の住民が村ぐるみスパイで、米軍機を誘導する目標を作っている、なんて言うんじゃあるまいね」

「ああ、いや、それは」

阿形と池崎に笑われて、航海長もさすがに荒唐無稽だと思い直したらしい。照れ隠しに頭を掻いているさまは、二十代前半の若輩相応だった。

「主計長、君はこういう推理は得意じゃないのか」

「えっ」

池崎は目を見開いた。今までもあちこちで探偵扱いされたことがあったが、内地に居る蓬の艦上にまで噂（うわさ）が届いているとは思わなかった。尾鰭（おひれ）が付いていなければいいのだが。

「へえ、そうなんですか主計長」

三沢が興味深そうな、揶揄（やゆ）するような、そんな表情を向けてきた。暑さのせいだけでなく、池崎の背中に汗が噴き出た。

「いや、事件と言うほどでもない出来事に首を突っ込んだだけです」

「しかし解決したんだろう」

「ええ、まあ」

笹尾事件は除いてだが。

「それで却（かえ）って、いろんな噂が立ってしまったようです」

「いいじゃないか。現に解決したのなら、大きな顔をすればよかろう」

どうやら、燃料不足で動けない間の無聊（ぶりょう）を癒（いや）す生贄（いけにえ）にされそうな気配だ。池崎は溜息（ためいき）をつき、話を木の伐採に戻した。

「いずれにせよ、勝手に何か大きなことをすれば、巡査が飛んでくるでしょう。でも、そんな気配はなさそうです。村で認められた何かの行事なんでしょうね」

「そうか。しかし祭りではなかろうから、どんな行事だろう」

阿形はまた首を捻った。

「考え方は二通りです。切った木を使うのが目的なのか、木を切った後の土地を使うのが目的なのか」

「なるほど。さすが主計長、整理が上手ですね」

三沢の言い方には、やはり揶揄が混じっているようだ。

「木を切った跡地を使うということは、開墾か。そうか、食料増産であの斜面にも、何かの畑を作るんだな」

「いえ、そうとも言えません」

池崎は再び双眼鏡を島に向けてから、言った。

「畑を作るなら、木の根を掘り起こして斜面を削り、土地を平らにしませんと。でも見たところ、連中は太い木はそのまま残して枝をはらってます。鍬や鋤のような、地面を掘り起こす道具も見えません。やはり木そのものが必要で、集めてるんでしょう」

「目印説も、開墾説も却下か」

阿形が口元に笑みを浮かべた。

「推理ってのは、そうやって可能性を一つずつ潰していくのか」

「いや、別に自分は学んだわけではありませんので」

警察官でも本職の探偵でもないのだから、推理の仕方を知っているわけではない。ただ感覚的に、こんなやり方で間違ってはいないだろう、と思っているだけだ。

「おや、動きがありますよ。島の連中、切った木をまとめています」

池崎から返してもらった双眼鏡を覗（のぞ）きながら、三沢が告げた。

「どれどれ。ふむ、言う通りだな。お、まとめた木の束を運び始めている人も居るな。やはり木そのものが必要だったようだ」

阿形も双眼鏡で様子を確認した。

「結局初めに戻りますが、あの木、どうするんでしょうね」

三沢が改めて言った。何のことはない、ひと回りしてそこへ戻って来たのだ。推理とは無駄の多いものだ、と三沢は思っているに違いない。

「おや、漁港の方を見てみろ。空き地に切った木が積んであるぞ」

双眼鏡を海岸線に這（は）わせていた阿形が、気付いて言った。どうやら伐採作業はしばらく前から続いていたらしい。今切っている木も、そこへ運ぶのだろう。

「本当だ。枝打ちもせず、葉もそのままで積んでありますね。新しい茂みが出来たみたいだ」

三沢は双眼鏡を持ったまま、首を傾げた。

「しかし、漁港であんな木を使うことって、あるんでしょうか。主計長、どう思います」

「そう言われてもなあ。漁で使うとも思えんし」

「まあ、我々は明日も動けないんだ。明日また見てみれば、あの木をどうするかわかるかも知れんさ」

阿形は自嘲気味にそう言うと、今日のところは終わり、とばかりに双眼鏡を下ろした。

翌日の昼前であった。帳簿仕事をしていた池崎は、伝声管を通じて艦橋へ呼び出された。何事かと艦橋へ上がってみると、阿形艦長と三沢航海長が、昨日と同じように大島へ双眼鏡を向けていた。

「あ、主計長。ちょっとあれを見て下さいよ」

三沢は池崎に双眼鏡を渡し、漁港を指し示した。池崎は言われるままに双眼鏡を向けた。

「おや、何を始めるんだろう」

島の漁師たちが、集めてあった木を船に積み込んでいた。櫓で漕ぐ漁船らしいが、さして大きくない船が木で一杯になり、海上に緑の山が浮かんでいるようであった。

「あんな状態で漁ができるとは思えんな。どこかへ木を運ぶんだろう」

阿形が、漁港を見つめたまま言った。どこかへ運ぶにしても、何のためなのか。あんな雑木など、大島だけでなくどこにでもある。わざわざ山積みにして運ぶ意味がわからない。

「あれ、あっちではまた違うものを積もうとしているぞ」

阿形は双眼鏡を動かし、木を積んでいる船の後方に向けた。池崎もそちらを注視する。

「え？　あれは漁網ですか」

漁港のおかみさんと子供たちが、漁網を引きずって船に積み込もうとしていた。漁船が漁網を積むのは当たり前と言えば当たり前だが、漁に使うには多すぎるように見えた。木を積んだ漁船との組み合わせは何なのだろう。大量の木と網……。

突然、池崎の頭に閃くものがあった。池崎は木を満載して動き出した漁船の方へ、また双眼鏡を向け直した。漁船の舳先は、真っ直ぐこの蓬に向けられていた。

「ああ、そういうことだったか」

思わず口に出していた。何がわかったのかと聞かれる前に、池崎は双眼鏡を下ろして阿形に言った。

「艦長、どうやらお出迎えが必要なようですよ」

阿形と三沢は、池崎の言う意味を測りかねてか、顔を見合わせた。

漁船は蓬の舷梯に横付けされ、村長が代表して上甲板に上がって来た。六十をとうに越えたと見える白髪に白鬚の村長は、ご丁寧にも羽織袴姿だった。池崎に促された阿形は、三種軍装のネクタイを直して村長を出迎えた。

「偽装網……ですか」

甲板に下りる前、池崎からそういうことでしょうと耳打ちされていたとはいえ、村長からこうして直(じか)に聞かされると、阿形はいささかの戸惑いを見せた。

「はい、誠に僭越(せんえつ)なこととは存じますが……」

村長はハンカチで額の汗を拭(ふ)きながら、ずいぶんと恐縮しつつ話を進めた。

「海軍の皆様には、日々の奮戦誠にご苦労様でありますが、近頃はその、呉も空襲を受けるという事態で、いやこれはその、防空体制について異論を申上げるようなことではなく……」

村長の話は、言葉を選びながらでひどくまどろっこしいものであった。池崎は辛抱して先を待った。

「思いますに、碇泊されております艦は、やはり空襲の危険を避けねばならないものと存じますが、私共大島の漁師にも、この瀬戸内に生きる者として、微力ながら何かお手伝いができないかと大いに思案しておりましたところ、昔海軍に居りました者から、碇泊中に敵の目をくらますには、偽装というものを行うと聞き及びまして」

「それで、本艦に漁網を被(かぶ)せ、切り出した島の木を網に取り付けようと考えていただいたわけですか」

池崎は村長の話の先を引き取って言った。確かに偽装のやり方として、基本的には間違っていない。そればかりか、蓬の艦内には偽装の用意はなかった。もし蓬が当分動けない状態であるなら、この申し出は僭越どころか、有難い話になっていただろう。

「いや恐れ入りました。そこまで考えていただいたとは、誠にもって嬉しい限りです。本艦の艦長として、厚く御礼申し上げます」

阿形は深々と頭を下げた。村長の緊張が見る見る解け、間違ったことをしていなかったという安堵と、役に立てそうだという誇りがその顔に表れた。こうなると水を差すのは申し訳ないが、仕方がない。阿形は先を続けた。

「おっしゃるように、本艦が当分動かないのであればこの偽装は有効なのですが、本艦は一両日中に任務のため出航しますので、これは不要なのです。偽装を付けたままでは航行できませんので」

「ああ、左様でありましたか。これは、誠に失礼いたしました」

村長は、はっきりわかるほど肩を落とした。さすがにこのままでは気の毒だ、と思ったところ、阿形がさらに言葉を継いだ。

「いやもう、お気持ちだけでも充分です。しかし、呉近辺には当分動かない艦が何隻か居ります。それらの艦は、いくらでも偽装を必要とするでしょう。私から鎮守府の方へ聞いてみますので、他で必要とするようでしたら、是非ともお願いします」

「おお、それは恐れ入ります。却ってご面倒をおかけするようで、申し訳ございません」

村長の顔はまた明るくなり、阿形と池崎に三拝九拝すると、何事でも必要なことがあればご用命下さいと言い残し、乗って来た漁船で戻って行った。

村長の船が遠ざかるのを見送ると、阿形はふうっと大きな溜息を吐いた。

「やれやれ、気を遣わせたな」

「こうして少しでも支援していただけるのは、有難いですねえ」

池崎が明るく言うと、阿形は表情を硬くした。

「うん、それはまあ、そうなんだが」

阿形はじっと、木を切られた山の斜面を見つめた。

「こんな平和な島の漁村でも、何とか戦の役に立とうと日々考えてる。有難いと言えば有難いが、あの人らの日常にまで、戦争がどっぷりと入り込んでるんだ。戦場とは何の関わりもない、こんなのどかな漁村でもだぞ」

阿形は唇を噛み、それからぼそりと言った。

「こんな戦争、もうさっさと終わらせにゃあ、駄目だ。いや、もうとっくに終わらせてなきゃあ、駄目だったんだ」

池崎はそれにには何も言うことができず、ただ阿形と並んで大島を見つめていた。

その翌日の昼過ぎ、ついに恐れていた事態が起こった。

「艦長、呉より一斉送信による警報です」

通信士は艦橋に駆け込むと、電文をそのまま口で伝えた。

「敵大編隊、豊後水道及ビ足摺岬方面ニ向ケ北上中。対空警戒厳ニセヨ、です」

とうとう来たか。誰もが思った。時間の問題ではあったのだが。

「機関室、機関始動用意」

敵機来襲とあらば、とにかく艦を動かさねばならない。だが、蓬は明日以降、特攻兵器の人間魚雷、回天を搭載してその発進訓練を行う予定で、そのための給油は今夕のはずであった。今は、長い距離を走れるだけの燃料を搭載してはいない。空襲があっても、逃げ回るのには限界があった。

しばらくして、続報が来た。

「敵艦上機多数、豊後水道ヲ北上中。呉方面ニ向カフモノト思ハル」

何が「思ハル」だ、と池崎は吐き捨てたくなった。B29なら都市攻撃だろうが、空母機動部隊の艦上機がこちらに来るなら、狙いは艦船攻撃だろう。目指すは呉軍港に違いない。つまり、標的は我々だ。それを裏付けるように、伝声管から報告が飛んだ。

「電探に感あり」

対空電探が敵編隊を捉えたのだ。

「総員戦闘配置」

ラッパが鳴り渡った。大島の住民にも聞こえたかも知れない。錨はすでに揚げられている。蓬は徐々に後進を始めた。

「方位一二〇度、距離一万五千、高度四千、敵大編隊。呉方向に向かいます」

見張り員の声に、右舷側を見た。それは、すぐに現れた。敵機の隊形がはっきりわかる。百機以上の編隊だ。幾つかの梯団を組んで、真っ直ぐ呉軍港へと飛んでいる。対空戦闘用意は下令されているが、蓬の高角砲は届くだろうか。

そのとき、敵編隊の後方が乱れた。二、三十機ほどが弧を描いて上方に回った。何が起きたんだと思うと、見張り員が叫んだ。

「二一〇度、上空に味方機、味方機です」

この状況下では、最も嬉しい知らせだ。やがて前方はるか上の空を、右旋回しながら戦闘機の編隊が横切った。こちらに見せた翼に、日の丸が辛うじて見えた。

「ありゃあ、紫電改だ」

誰かが大声で言った。松山の三四三航空隊だ。最新鋭機、紫電改の編隊はそのまま上昇し、大編隊から離れた敵戦闘機に向かった。そこだ、行け、という声援が期せずして起こる。悲しいかな、今の日本で敵戦闘機とまともに渡り合える部隊は、この紫電改を擁する三四三空など一握りしか残っていない。

「おう、やったぞ」

水雷長が甲高い声を上げた。紫電改にやられたらしい敵機が、煙の筋を引いて海面へと落ちて行った。控え目な歓声が漏れる。三四三空だけではこの大編隊を止められないことは、皆わかっている。でもどうか、一矢だけでも報いてくれ、それが艦橋の、いや全乗組員の切なる願いだった。が、そこへ見張り員の声が、冷水を浴びせた。

「敵機、一八〇度、距離八千、高度三千、こちらに向かって来まーすッ」

別の編隊が、三四三空の後ろから現れて、蓬を狙っているのだ。敵は、付近の島影に分散して碇泊している艦艇を、虱潰し（しらみつぶ）しにするつもりなのか。

「両舷前進半速、取舵（とりかじ）一杯」

「撃ち方始め」

蓬は急いで前進を始めた。だが、太平洋の大海原と違い、島だらけの狭い瀬戸内海では速度も出せず、回避行動もままならない。

「敵機、急降下！」

高角砲と機銃の発砲音をかいくぐり、見張り員が叫ぶ。池崎は衝撃に備えて身構えた。左舷に水柱が上がり、艦が左右に揺れた。至近弾だ。飛び去る敵機がちらりと見える。グラマンF6Fだ。

「くそ、爆装戦闘機か」

三沢航海長が舌打ちした。グラマンは戦闘機ながら、両翼又は胴体下に吊（つ）った爆弾や噴進弾（ロケット）で艦船攻撃を行うこともできる。爆弾を落とせばそのまま戦闘機に戻るので、高角砲などではなかなか落とせない。厄介な相手だ。

次、来ますと言う声が聞こえた気がした。それから一拍置いて、激しい衝撃が艦全体を襲い、池崎は壁に叩きつけられた。一瞬、視界が暗くなる。

「後甲板に噴進弾命中！」

我に返ると、その叫び声が耳に飛び込んだ。池崎は割れた窓のガラスを払い、首を突き出して後部を見た。後部高角砲の後ろ、爆雷投射機のあった辺りの甲板がめくれ上がり、裂け目から炎と煙が吹き出していた。

「機関室、状況知らせ」

阿形艦長が伝声管に怒鳴っている。すぐに前部機関室は異常ないが後部機関室浸水中、との報告が来た。気付くと、艦の行き足は止まりかけている。機関は生きていても、スクリューがやられているのかも知れない。二十五ミリ機銃の発射音は続いているが、後部高角砲は沈黙していた。砲員がやられたのだろう。

池崎の視界の端に、高速で接近して来るグラマンが映った。その意図を察するのに、大した想像力は必要ない。

「機銃掃射、来るぞーッ」

池崎はそう叫んで頭を引っ込め、床に伏せた。金属をハンマーで連打するような音が、艦尾から艦首へと通過して行った。幸い、艦橋に飛び込んでくる機銃弾はなかった。狙われたのは、もう少し下の方だ。代わりに、後部から爆発音が続けて轟いた。爆雷か弾薬庫の砲弾が誘爆したらしい。

　後部機関室から、浸水止まりませんと報告が来た。気が付くと、艦橋の床は幾らか後ろに傾いていた。蓬は艦尾から沈み始めているのだ。さらに、第二缶室と前部機関室にも浸水中、との報告が続いた。これで蓬の機関は両舷とも使えなくなった。艦の最期を悟った阿形は、唇を引き結んだ。

　またグラマンが降下してきて、左舷側に機銃掃射を加えた。止めを刺す、と言うより、なぶり殺しのようだ。前部高角砲と機銃はまだ発砲していたが、一機も撃墜することはできていない。阿形は艦橋内をさっと見渡し、悲痛な命令を下した。

「総員退去」

　池崎は艦橋を大急ぎで駆け下りた。主計長の役目として、陛下の御真影と、重要書類を艦から運び出さねばならない。甲板で弾薬運搬に当たっていた主計科員たちも、駆け込んできた。

「主計兵曹はどうしたッ」

　池崎は向田の姿を求めて呼ばわった。彼は弾薬運搬の指揮を取っていたはずだ。

「まだ上に居られます」

「よし、わかった」

池崎は書類を入れた防水袋の一つを主計兵長に渡すと、これを持って皆と一緒に短艇に乗れ、と命じ、自分は向田を探すため、御真影を抱えたまま上甲板に駆け上がった。

「主計兵曹、居るかーッ」

上甲板に飛び出すなり、池崎は怒鳴った。辺りは硝煙と後甲板が燃える煙が立ち込め、目が痛んだ。

「ここです！」

煙の向こうに、向田が見えた。足を負傷しているらしく、動きが鈍い。

「無事か。よし、他の主計科員は退艦中だ。主計兵曹も急げ」

「いえ、その、私は」

向田が口籠(くちご)もった。この状況で何をためらう必要がある、と思ったが、向田は池崎の命令と正反対に動いた。

「申し訳ありません。大事なものを取ってきます」

「大事なもの？　御真影も御勅諭(ごちょくゆ)も、重要書類も持ち出したぞ。この上何を……」

言い終わらないうちに向田は、済みませんとの声を残して、ハッチから艦内へと踏み込んだ。

「おい待て、大事なものって……」

追いすがり、腕を摑もうとした池崎は、そこで煙に隠れていた甲板の状態を目にした。そして硬直し、そのまま一歩も踏み出せなくなった。

上甲板は、血の海だった。機銃掃射にやられたか爆発に巻き込まれたか、体の一部を失った水兵の死体が、幾つも転がっている。はらわたらしいものも見えた。池崎は蒼白になった。

頭は、向田を追って捕まえ、上甲板に引っ張って来いと促し続けていた。だが、足が言うことを聞かない。どうしても足が前に出ない。

いきなり甲高いエンジン音が周りを圧するように響き、グラマンが一機、降下しながら突っ込んできた。また機銃掃射を加えるつもりなのだ。池崎は目をつぶった。身を隠そうにも動けない。どうやら自分は、ここで死ぬ運命にあるのだ……。

機銃弾が鋼板や甲板に当たる音が耳を貫いた。が、体に衝撃はなかった。恐る恐る目を開けてみると、座り込んだ足の先から三十センチと離れていない甲板に、銃弾の穴が穿たれていた。少なくとも今この瞬間には、運命は池崎の死を受け入れなかったのだ。

目を上げると、数秒前に向田が飛び込んだハッチの左右に、機銃弾の貫通した穴が並んでいた。向田がどうなったのか知りたかったが、頭の中が白くなって動悸が激しくなり、動くことができない。後甲板は既に水没しかけており、艦の傾きはさらに増していた。

再びエンジン音が聞こえた。グラマンが戻って来て、また機銃掃射を仕掛けようとしているのだ。沈没が確認できるまで、執拗に攻撃を繰り返すつもりか。池崎は覚悟を決めた。幸運は、二度も三度も続くことはない。目を閉じると、両親の顔が浮かんだ。

「主計長、何をしとるかッ」

いきなり背後から怒鳴り声が聞こえ、両腕を摑まれてぐいっと引きずり上げられた。阿形艦長の声だ。そう思った次の瞬間、強い力で舷側から放り出された。体が宙に舞い、池崎は御真影の入った袋を抱いたまま、海面に落ちた。

一旦沈んだが、海水に浸かったことで、血を見てから硬直していた体が動いた。生きようとする本能が、ここでようやく情けない性癖に打ち勝ったようだ。

水を蹴り、海面に頭が出た。帽子はなくなっていたが、御真影の袋は抱きかかえたままだった。無意識にそうしていたらしい。目の前に短艇があった。顔を出すとほぼ同時に、襟首を摑まれて引き上げられた。そのまま短艇に転がり込む。ぎっしり詰まった兵たちの間に仰向けになり、真上の夏空を見た。ああ、まだ生きている。ただそれだけを感じた。

何秒か空を見上げて、我に返った。手足をばたつかせ、何とか起き上がる。グラマンの編隊は、既に去っていた。そして目の前で、蓬は最後の時を迎えていた。

気付くと、海面に阿形艦長の顔があった。阿形は片手で短艇の舷側を摑み、引き上げようとする兵の手を振り払って、転覆もせずただ沈んでいく蓬を、じっと見つめていた。蓬は、数分と経たないうちにその姿を没した。誰が命ずるともなく、艦長以下その場の全員が、蓬に向かって静かに敬礼した。海面には、短艇に乗れなかった多くの乗組員が浮かんでいる。死体も数多くあった。池崎は目を凝らして懸命に捜したが、向田の姿はその中に見えなかった。

エピローグ　昭和三十年五月

　急行安芸は、午後二時半を過ぎた頃、ほぼ定刻に呉駅に到着した。前夜に横浜を出て、十七時間の長旅を終えた池崎は、ホームに降りると大きく伸びをした。

（ちょうど十年ぶりか）

　改札を出て駅前に立った池崎は、ちょっとした感慨を持って眼前の風景を眺めた。十年前に一度焼け野原になり、ようやく復興した街並みは、やはり池崎の記憶にあるものとは異なっている。ただ、正面にそびえる灰ヶ峰の山容は、まさに記憶の通りであった。

　池崎は旅行鞄を提げ、市街へと歩き出した。バスに乗っても良かったが、新しくなったこの町の空気を、自分の足でゆっくり歩きながら感じてみるのもいい、と思った。宿は堺川を渡った向こう側にある。池崎は線路沿いに川べりに出て、橋を渡った。

　ふと先を見ると、商店街からの道を歩いて来る水兵服姿の三人連れの姿が見えた。池崎は、はっとして立ち止まりかけた。十年以上前、この辺の通りは束の間の休息を楽しむジョンベラたちで賑わっていた。呉はまさしく海軍の町、海軍ある限り不夜城の如く栄える町であった。その海軍は、もはやない。幻を見たのか、と池崎は思ったのだ。

水兵服が近付いて来て、池崎は己の妄想を嗤った。水兵服の帽子のペンネントには、「海上自衛隊」と書かれていた。この町にも、変わるものもあれば、変わらぬものもあるのだ。

翌朝、池崎はタクシーを呼んでもらって宿を出た。駅の方へは向かわず、線路を越えて南へ、休山の山裾を海沿いに走る。途中、見覚えのある赤煉瓦の建物が目を引いた。以前の呉鎮守府だ。今は海上自衛隊の司令部施設として使われているらしい。市街は焼けたのに、この辺りの海軍施設に火の手は及ばなかったのだ。懐かしさを感じたが、本来の攻撃目標であったはずの軍施設が残って町の方が焼失したことを思うと、憤りに似た感情も覚えた。

だが、感情の上では池崎自身も無垢ではない。池崎は蓬が沈んで救助されてから、呉で待機した後、八月四日に再び横須賀へ異動した。その二日後、呉に残った者たちは、山の稜線の上に湧き上がる巨大なキノコ雲を見た。ここからほんの二十キロ先で起きたあの惨禍を、僅かな差で目にすることがなかった池崎は、そのことにどこかで負い目を感じていた。理屈に合わない感情かも知れなかったが、車窓から広島の方へ目をやると、意識しないでいるのは難しかった。

タクシーは、造船所の建物やクレーンが並ぶ一角に入り、ある門の前で止まった。池崎は広島に関わる思いを仕舞って料金を払い、そこで降りた。門柱には、「呉造船所」というまだ新しい看板が掛けられている。ここは、かつての呉海軍工廠。あの戦艦大和を作った造船所であった。

門前には、車がもう一台、米軍供与らしいジープが居た。運転席と助手席に座っていた二人が降り立ち、池崎に手招きをした。二人は、灰色と白の海上自衛隊の制服を着ていた。

「よう、遠くからご苦労さん。よく来たなあ」

親しげにそう言って握手の手を差し出したのは、岩風の航海長だった迫田である。制服には、以前の海軍中佐に相当する二等海佐の階級章が付いていた。

「主計長、お久しぶりです」

運転席から降りた背の高い男が、海軍式の敬礼をして笑みを見せた。瑞鶴の主計兵曹だった野々宮だ。彼が付けている階級章は、海曹長であった。確か今は、昔の鎮守府に当たる呉地方隊で、幹部より下の隊員を統括する先任伍長を務めているはずだ。

「いやあ、待っててくれたのか。申し訳ない」

「いやなに、二分ほど前に来たばかりさ。乗れよ。手続きは全部済ませてある」

迫田に促され、池崎はジープの後部席に座った。野々宮がジープを発進させ、三人は造船所の門をくぐった。詰所の守衛が、通り過ぎる三人に向かって敬礼した。

造船所の敷地に入ると、野々宮はまず巨大な建屋を目指し、突き当たると建物に沿って曲がり、その隣にあるドックの前でジープを止めた。

「おう、あれか……」

　ドックの縁からそこにあるものを見下ろして、池崎は絶句した。そこには、あちこち錆び付き、相当傷んではいるものの、ほぼ元のままの姿で、駆逐艦蓬が座り込んでいた。

　並んで蓬を見つめている三人に、ヘルメットを被り作業服を着た、池崎や迫田と同年輩の男が近付いて来た。手にはヘルメットを三つ、提げている。

「失礼します。呉造船所の桑原と申します。私がご案内させていただきます」

「あ、これはどうも。本日はお世話になります」

　三人は一礼して、桑原からヘルメットを受け取った。迫田と野々宮は制帽をジープに置いて、代わりにヘルメットを被った。

「では、ついて来て下さい。足元には充分ご注意をお願いします」

　桑原が先に立ち、一同はドックの階段を下りて道板を渡り、蓬の甲板に立った。傷んだ木部はほとんど取り去られ、海中で付着したフジツボや貝類は削り落とされている。鋼板は錆が浮き、すっかり褪せているが、九年も海中にあったことを思えば、蓬は驚くほど原形を保っていた。去年見た通り、前甲板の高角砲は未だに対空戦闘を続けているかのように空を指している。

「御一方はこの艦に乗っておられたとお聞きしましたが、あなたですか」

懐かしさと無念さを込めて艦橋を見上げていた池崎に、桑原が尋ねた。

「はい。この艦が沈んだとき、主計長として乗っていました」

「そうでしたか。それなら、いろいろと思いもおありでしょう」

ええ、と池崎は頷いてから、逆に桑原に聞いた。

「ずっと、海軍工廠時代からこちらに？」

「はい。民間に引き継がれても、私を含め職員の一部はそのまま残っています」

「では……大和を？」

年恰好から言って、技師として工廠に入ったなら、戦艦大和の建造に関わっているだろう。思った通り、桑原は小さく頷いて肯定した。

「一番下っ端でしたが。本当に、途轍もない艦でした」

桑原はそれだけしか言わなかった。部外者に度々同じことを聞かれてうんざりしているのかとも思ったが、違うようだ。桑原の目が、心なしか悲しげになっていた。建造に携わった者として、あの悲劇の大戦艦には彼なりの思いがあるのだろう。池崎が蓬に持つ、あるいは広島に対して持つ、それのように。

「ええと、それでは桑原さん、我々は中に入らせていただきます。申し訳ありませんが、我々だけ、ということで」

迫田が恐縮しながら言うと、桑原は笑って手を振った。

「いえ、そう伺っておりますので、お気遣いなく。乗組んでおられたのでしたら、私よりも艦内の配置などはよくご存知ですよね。私はここでお待ちします」

そう言う桑原に、三人は済みませんと揃って頭を下げ、開けっ放しのハッチから艦内に足を踏み入れた。

「何だか悪いなあ」

池崎が振り返って言うと、迫田が背中を押した。

「いいから行けよ。まあ、去年お前に電話で言った通り、この艦が海自のものになっていなけりゃ、これほど融通は利かなかったろうけどな」

前年に引き上げられた蓬は、そのままスクラップ業者に払い下げられるはずだったのだが、調べてみたところ、思いのほか状態が良く、機関などは手を入れればそのまま使用できそうだった。そこで、これは勿体ないと誰かが言い出し、きちんと修理して予算不足で艦艇の調達もままならない海上自衛隊で使おう、ということになって、払い下げは中止されたのだ。それで今は、海自の護衛艦として再就役させるべく工事が始まったところなのだった。去年、蓬の引き上げ作業を見た池崎は、迫田に勿体ないから修理して使わないのかと言って笑われたのだが、同じことを考えて実現させた誰かが居たのである。

池崎にとっては、天の配剤に他ならなかった。一週間前、この話を新聞で読んだときには目を疑ったが、艦が生き返ると知って矢も楯もたまらなくなり、都合良く横須賀から呉に転勤していた迫田に電話して、立ち入りの手配を頼んだのである。

「とにかく、お前の心残りを片付けようじゃないか。場所の見当は付いてるって言ってたよな」

迫田は持って来た大型の懐中電灯を振りながら促した。艦の発電機はもちろん駄目になっているし、艦内の照明は全く使えないので、舷窓から入る光だけが頼りなのだ。

「ああ。それじゃ、行こうか」

池崎は艦内を進み始めた。勝手はわかっているはずだが、九年沈んでいた艦の中は印象がすっかり変わり、まさしく幽霊の住処のように見えた。

「どうもぞっとしませんね」

野々宮が苦笑した。蓬は沈没時に八十名近い戦死者を出している。その魂の眠りを妨げるような気がしたのだろうか。だが池崎は、これからやろうとしていることこそが鎮魂なのだと信じていた。

薄暗い通路からラッタルを下りて、一層下の甲板に出た。迫田の懐中電灯が通路を照らす。

「もうちょっと艦首側。そう、その先あたりだ」

池崎が迫田の背後から指示し、少し進んだところで隔壁を叩いた。

「よし、ここだ。ここがその下士官室だ」

野々宮が池崎の示す部屋を覗き込んだ。床に固定されたテーブルがあるが、他に調度や備品類は何もない。

「ちょっと貸してくれ」

池崎は迫田に言って懐中電灯を受け取ると、天井や隔壁の隅を走る配管を調べ始めた。そして、ものの五分ほどで目的の場所を見つけ出した。

「これだ、たぶん」

池崎は頭のすぐ上ぐらいの高さの、配管の裏側に手を差し込んだ。そこに窪みがある。照明器具か、何かの計器を取り付けようとした穴が、設計変更で忘れ去られた、という感じだ。蓋はあったのかも知れないが、今はなくなっている。

突っ込んだ手に、硬いものが触れた。池崎はそれを摑むと、引っ張り出した。片手で持てる程度の大きさの、カンバス製の袋であった。迫田と野々宮は、目を丸くして池崎の手先を見つめた。

「本当に……あったのか」

袋にじっと目を凝らした迫田が、驚きを隠さずに言った。何かしらが見つかるだろうと池崎から聞いてはいたが、半信半疑だったのだ。

「よく場所がわかったな」

「向田兵曹が、この辺の配管をしつこく調べてた、って話を思い出してね。主計科が管轄するものではないし、仕事熱心と言うには不自然だと思い当たったんだ」

「で、これが……」

言いかけた迫田を遮り、池崎は袋に手を入れて中のものを出した。入っていたのは、赤っぽい色をした四角い石のような物だった。

「ああ、そうだ。向田主計兵曹の持ち物だ。彼は艦が沈むとき、これを取りに行こうとしたまま、戻って来られなかったんだ」

池崎は手の中の石をそっと撫で、さらに言った。

「そしてこれが、岩風で笹尾上等兵が殺された原因だよ」

迫田と野々宮は、いささか唖然としてその石を見つめた。池崎の言う意味が、よくわからなかったらしい。

「あの、主計長、これはいったい何なんです」

眉間に皺を寄せる野々宮に、池崎は小さく微笑んだ。

「ジルコンの結晶石だ」

「ジルコン?」

迫田が、聞いたこともないとばかりに首を捻る。

「岩風で、篠田少佐が言っていた。ヌーリアには掘りかけで放棄寸前の鉱山があって、そこではジル何とかいうものが出たらしい、ってな。それがこれだよ」

「よくそんな話を覚えていたな」

「あのヌーリア撤収作戦のことは、手帳に全て書き残しておいた。ラバウルでお前にも話したはずだが」

「そう言われれば、そんな気もするが……駄目だ、思い出せん」

迫田は首を振ったが、池崎は上着の内ポケットから、表紙が破れかけ、すっかり紙の色が変わった手帳を引っ張り出した。

「こいつがその手帳だよ」

「お前、蓬が沈んだときにもそれを持ってたのか。よく無事に残っていたな」

「まさか。蓬に乗る前、休暇で実家に帰ったときに置いて行ったんだ。でなきゃ海水で駄目になってただろう。置いといて良かったよ」

迫田が感心したように唸る横から、野々宮が口を挟んだ。

「あの、それでジルコンって何ですか」

「ああ、これを見てくれ」

池崎は折り畳んで手帳に挟んであった紙を取り出し、開いてみせた。それは何かのチラシのように見えたが、真ん中に輝く宝石の写真が印刷されていた。その下に書かれているのは、宣伝文のようだ。「ダイヤモンドにも劣らぬ輝きを見せるジルコンは、貴女の気品を際立たせます。ダイヤモンドに比べるとお値段も手ごろなものとなっており……」

「何だこりゃ。宝石屋のチラシか、カタログの切れ端か」

迫田は訝しげに写真を眺め、それからやっと気付いたように、池崎の手の中の石に目を移した。

「もしかして、これを研磨するとこの写真みたいな宝石になるのか」

「その通り。ここに書いてあるように、ダイヤモンドの代わりになる品物らしい。値段は手頃と書いてあるが、ものによってはかなりの値が付くそうだ」

「で、これを……向田兵曹が持っていた？　なぜ？」

「蒲原軍曹から受け取ったのさ。笹尾殺害の口止め料として」

「口止め料だと！」

迫田が目を剝いた。野々宮はわけがわからず、当惑の眼差しを向けてきた。

「あの、主計長に迫田二佐、その笹尾殺害とは何の話ですか」

「ああ、そうか。野々宮先任伍長は詳しい話を知らんのだな」

池崎は手帳を見ながら、ヌーリア撤収作戦の際に岩風で起きたことを、順を追って手短に話して聞かせた。野々宮の顔に、徐々に驚愕が広がっていった。

「そんな。駆逐艦の上で陸軍の兵が殺人を犯したんですか」

「うん、証拠はないが、間違いなかろう」

「動機は、この宝石の奪い合いですか」

「簡単に言うと、そうだな」

「待て待て、それじゃあ簡単すぎる。俺でもわかるように頭から説明してくれ」

迫田が割り込み、池崎は了解とばかりにニヤリと笑みを浮かべると、「言っとくが、こいつは全部俺の推測だぞ」と前置きしてから話を始めた。

「話は、篠田部隊がヌーリアに上陸したときに始まる。あの島には鉱山があったが、そこの技師たちは直前に脱出していて、管理人しか残っていなかった。鉱山があるのを島民に聞いて知った篠田隊長は、見城少尉に偵察を命じた。見城は、蒲原軍曹、小月伍長、笹尾上等兵、長沼一等兵を連れて鉱山を調べに行った」

「まるで見ていたように言うなあ」

迫田が茶々を入れたが、池崎は、黙って聞けと一睨み（ひとにらみ）し、そのまま続けた。

「見城少尉らは鉱山事務所で管理人を捕らえ、書類と管理人の話から、鉱山が放棄されたも同然の状態らしいと知った。だが、書類にはこのジルコンについての記述があったんだ。宝石としてのジルコンの歴史は古い。質屋で貴金属を扱っていた笹尾上等兵は、ジルコンが何なのかを知っていた」

「え？　それじゃ、連中はその鉱山を宝の山だとでも思ったのか」

「当たらずも遠からず。篠田隊長が、後で事務所を見に行ったときには、金庫も戸棚も空っぽだったと言っていた。じゃあ、偵察隊が調べに行ったときはどうだったのか。採算が取れないと見て放棄するつもりだったかも知れないが、事務所にはジルコン結晶のサンプルぐらいは置いてあったんじゃないかな」

「あ……そういうことか」

迫田は、わかってきたぞ、と言うように顎(あご)を撫でた。

「奴(やつ)らは、鉱山事務所の金庫を管理人に開けさせ、保管してあったジルコンのサンプルを持ち出し、報告せずに山分けしたんだな。てことは、相当な価値がある代物だったんだろう」

「おそらくな。この向田が貰(もら)った結晶でもかなりの大きさだ。大きくて綺麗(きれい)なものなら、当然値も高くなるだろう。少なくとも笹尾は、そう見当を付けたと思う。そして蒲原は鉱山の鉱夫出身だ。鉱山事務所の家捜しは彼がやったんじゃないか。もしかすると、その後の駐屯中に鉱山に入って、取り残された結晶を掘り出すことまでやったかも知れん」

「なるほど。撤収して岩風に乗ってから、笹尾は裏切ろうとして口を封じられたというわけか。すると向田は……」

「そうだ。笹尾が海に投げ込まれるのを見ていたんだろう。だが、お人好しで揉(も)め事(ごと)の嫌いな向田としては、できるだけ面倒は避けたい。それで曖昧(あいまい)な目撃証言をしたんだ。だが蒲原は、やはり見られたのではないかと心配になり、向田を説得して口止め料にジルコンを押し付けたんだ」

「待って下さい。その笹尾って人は、どうして裏切ろうと思ったんでしょう。島から撤退したなら、鉱山で盗みをやったことはもう上官にはばれないでしょう。好都合だったはずじゃないんですか」

しばらく黙って耳を傾けていた野々宮が、疑問をぶつけてきた。が、池崎はその答えを用意していた。

「管理人を始末しようとして、逃げられたからさ」

「え？　何でそんなことがわかるんだ」

さすがに迫田は、驚きを隠せずに言った。いくら何でも想像が過ぎると思ったのだろう。

「篠田隊長は、管理人が撤収の際に姿を消した、と言っていた。蒲原たちにしてみれば、自分たちの盗みを証言できるのは管理人だけだ。解放されて、オーストラリア当局に報告されては後々面倒だから、口を塞（ふさ）いでおこうと考えるのが自然だろう。島は戦場になっていたから、始末するのは簡単だったはずだ。うまく始末できていれば、笹尾も気に病むことはなかったろう」

「笹尾は管理人を始末しようとして失敗し、それで危険を感じた、と？」

「盗みだけでなく、捕虜殺害未遂も罪状に加わったとすれば、笹尾も穏やかではいられまい」

「それで、持ち出したジルコンを処分して、手を引こうとした、ってのか。そいつはどうかなあ。ちょっと話として弱くないか」

「そうかな。実はもう一つ解釈があるんだが……まあ、それは後にしよう」

池崎は肩を竦め、笹尾の話を一旦終わらせた。迫田は納得し切れていないようだったが、少し考えて確認するように問うた。

「まあとにかく、この事件は蒲原軍曹が首謀者で、仲間とお宝を勝手に盗み出し、その中の裏切者を始末した、ということでいいんだな」

「蒲原が首謀者なんて、誰が言った」

「違うのか」

迫田が目を丸くした。

「じゃあ、誰だ」

「見城少尉さ」

「見城少尉だと？　将校が首謀者？」

迫田は、まさか、という顔になった。が、池崎は平然と言った。

「将校だって、あの戦争に見切りをつけて欲に走った者は、何人も居るだろう」

「根拠はあるんだろうな」

「ああ。最初にあの鉱山にジルコンがあると知ったのは、誰だと思う」

「貴金属に詳しい笹尾じゃないのか」

「笹尾は、宝石のジルコンは知っていても、研磨する前の結晶を見てジルコンだとわかるような知識はないさ。宝石商ならまだしも、質屋の店員だぞ」

「それはそうかも知れんが……じゃあ、見城だって言うのか。見城はそんな知識を持ち合わせていたとも思えんが」

「持ち合わせていなくても、報告書を読めばわかる」

「報告書？　何のことだ」

「管理人を置いた事務所があったんだぜ。見城は役に立つ書類はなかったと篠田に報告しているが、鉱山の内容について書いた報告書か、それに類する書類ぐらいないとおかしいだろう。そして、その書類は英語で書かれている。偵察に行った連中の中で、英語が読めるのは誰だ？　蒲原や笹尾に読めると思うか？」

「そうか。英語の書類が読めて、管理人を英語で尋問できるとすれば、士官の見城しかいないだろうな」

「それに、だ。篠田隊長は島民がジルコンのことを自分に言ったと話していた。一方、見城少尉とヌーリア島について喋(しゃべ)ったときには、ジルコンのジの字も出て来なかった。意図的に隠したんだろう。それに、向田のこともある」

「向田の？」

迫田が怪訝そうな顔をした。

「ああ。向田が笹尾が落ちるのを見たようだ、という話は、俺は陸軍の中では篠田隊長にしかしていない。だが、蒲原は向田のことを知って、買収に出た。蒲原は向田が目撃者であると誰に聞いたのか。篠田隊長は少佐だから、将校ではない軍曹に直接そんな話をするとは思えん。けれど、見城少尉にならば話したかも知れん。そして見城は、蒲原に話した。その結果、蒲原は向田のところへやって来た」

「ふーむ、確かに納得できる話だな。蒲原軍曹らに、書類を読んで計画を立て、指示を出す、というような芸当ができるとも思えん。よし、わかった。見城少尉が首謀者、という説に乗るとしよう」

迫田は少しばかり勿体をつけるように、頷いてみせた。

「その見城少尉という人は、部下を抱き込んでそのジルコンとやらを着服し、上へは報告しないことにしたわけですか」

野々宮は自分の頭の中を整理するかのように、要約して言った。

「初めに断った通り、あくまで推測だがな」

「いっそその連中を捜し出して、白状させてみちゃどうです」

「そいつは無理だ」

池崎は顔を引き締め、かぶりを振った。

「俺も戦後調べてみた。篠田部隊はあの後フィリピンに転戦し、そこで全滅した」

迫田と野々宮が一瞬絶句し、瞑目(めいもく)した。

「因果応報、という奴かな」

迫田が呟(つぶや)いた。

「盗み出したジルコンも、これを残して失われたわけか。結局奴ら、戦争のおかげで得はしたが、最後に全てを失った。戦争ってのは、皮肉なもんだな」

「ああ、まったく皮肉だ」

池崎が相槌(あいづち)を打った。しかし言葉の意味は、迫田のそれとは違っていた。

「奴ら、あの鉱山の本当の意味を、知らないままで終わったんだからな」

「うん？　どういうことだ」

迫田が怪訝な顔を向けてきた。池崎は口元にまた笑みを浮かべた。

「これも調べたんだが、ヌーリアのあの鉱山、現在も操業中だぜ」

「操業中？　放棄されたんじゃなかったのか」

迫田が驚いて問い返した。

「ジルコンを掘ってるのか。採算が取れるようになったのかね」

「正確には、産出しているのはジルコニウムだ」

「ジルコニウム?」

「ああ。あの鉱山とジルコンには、もう一つの顔があったのさ」

迫田と野々宮は、わけがわからないといった様子で、顔を見合せた。

「ジルコニウムって何だ。ジルコンとは違うのか」

迫田が尋ねた。明らかに戸惑っている。

「ジルコニウムは元素の一つだ。原子番号四〇、記号はZr。ジルコンはジルコニウムの化合物で、化学的に言えばケイ酸ジルコニウムという物質だ」

「あのう、私はそういう方面はさっぱりなんですが」

野々宮が宇宙人の言語でも聞いたような顔で言った。

「俺だってそうさ。俺は化学者でなくて会計士なんだぜ。だから、今のは本の受け売りで、詳しいことはさっぱり理解できん」

池崎は笑って肩を竦めた。

「すると何か。あの鉱山の石からは、そのジルコニウムとやらが抽出できるのか。で、オーストラリアの連中はそれを掘り出してると? 何に使うんだ」

「いっぺんに聞くな。俺だって、あの鉱山でジルコン結晶の他にどんな石が採れて、どう抽出するかなんて、全然知らん。だが、ジルコニウムは一種の金属らしい。いろんなものに使えるが、最大の特徴は、地球上の金属で一番、中性子を吸収しにくいことだそうだ」

「チュウセイシ、ですか」

野々宮は、もうお手上げだという顔をしている。が、迫田の方は俄然興味を引かれたようだ。

「中性子か。聞いたことあるぞ。原子力に関わる代物だな。ウランに核分裂反応を起こさせるものじゃないのか。てことは……」

「そうだ。ジルコニウムは、原子炉の材料として必要不可欠なものらしい。ついでに言うと、ジルコンはウランをちょいとばかり含んでいるらしいぜ」

ウランと聞いた野々宮は、ジルコンを恐ろしいものを見るような目で見て、一歩下がった。

「原子炉か……」

迫田が呻くように言った。

「しかし、そりゃ戦後の話だろう。篠田部隊がヌーリアを占領した時分にゃ、原子炉なんて……」

「いや、米英ソはあの頃から原爆開発を進めていたはずだ。その過程で、原子炉のことも頭にあったろう。ジルコニウムの利用法がわかっていたとしたら、英国とオーストラリア政府の最上層部は、あの鉱山の価値を承知していたんじゃないかな」

「話が矛盾してるぞ。そんな大事な鉱山を、なぜ放棄する」

「放棄だろうか？　篠田部隊が来る直前、あの島に居た技師たちはさっさと避難してる。タイミングが良過ぎるじゃないか。日本軍が来るという情報を摑んで、ジルコニウムに関わる技師たちを避難させ、機密保持のため書類や結晶石のサンプルを残して、放棄された宝石鉱山を装った、とした方が筋が通るだろう。ソロモン周辺の他の島に比べて、戦略的価値が小さいわりに奪還作戦がかなり早い時期に行われた、という事実もある」

「うーん、わからなくもないが」

迫田は首を傾げている。

「だったら、もっと早く米豪連合軍が全力を挙げてヌーリアを奪回しに来るんじゃないのか。来たのは連隊規模のオーストラリア軍だけだ。それでも篠田部隊を追い出すには充分だったけどな」

「それなんだがね」

池崎は改めて迫田に向き直った。

「お前、俺たちがヌーリアから無事ラバウルへ戻ったとき、これは本当に幸運だけだったのかねえ、と言ったろ。覚えてないか」

「いや、はっきり覚えてないが……まあ確かに、俺たちの駆逐隊を攻撃してきたのがオーストラリア軍だけだった、ってのは幸運と言うより不自然に近かったかも」

「そこだよ。当時、ポートモレスビー基地には米軍機も豪軍機もたっぷり居た。奴らは精鋭で、あのちょっと後のダンピール海峡では、こっちを酷い目に遭わせている」

ダンピール海峡付近では、昭和十八年三月、ニューギニアへの増援部隊を運んでいた輸送船七隻と駆逐艦四隻が、ポートモレスビーの航空部隊に撃沈されていた。その際、オーストラリア軍機はかなりの活躍ぶりを示している。

「なのに、俺たちには豪軍機しか襲って来なかった。しかもあの攻撃ぶりは、艦船攻撃に慣れていない二線級部隊だ。ポートモレスビーの部隊が出て来たなら、当然米軍も一緒だったろうから、俺たちは生き残れなかったはずだ。だが、あの爆撃隊は南西、つまりオーストラリア本土方向から来た。おそらく本土の前進基地に配置された部隊だろう」

「わざとポートモレスビーの部隊を動かさなかった、と？」

迫田は眉間に皺を寄せた。

「なぜそんなことを」

「たぶん、米軍に知られたくなかったからだ」

「米軍に？」

迫田の眉間の皺が、さらに深くなった。それから、はたと思い付いたようで、顔がぱっと晴れた。

「もしかして、ヌーリアのジルコニウムのことを、秘密にしておきたかったのか」

「でも、連合軍なんですよ。どうしてオーストラリアが米軍に内緒ごとを」

野々宮が当然の疑問を呈した。池崎が頷く。

「普通考えれば、そうだ。しかし、事は各国の最重要機密に関わる。米英は原爆開発で協力関係にあったとは言え、戦後の原子力利用について、完全にアメリカに主導権を握られることをチャーチルが望んでなかったんじゃないか、と俺は思う」

「何だかまた難しくなってきましたね」

野々宮が顔を顰めた。

「まあもう少し付き合えよ。戦後世界を見据えたとき、ヌーリアのジルコニウムは英国にとって重要だと、ロンドンが考えたんじゃなかろうか。で、オーストラリア政府は英連邦の一員として、その意向を汲んだ。ヌーリア奪還作戦には米軍を関わらせない、ジルコニウム鉱山のことはアメリカには知らせない、そういう方針が立ったんだと思う。で、結果として米軍には情報が届かず、たまたま通りかかったカタリナ飛行艇からの連絡で米軍が動き出した頃には手遅れだった、というわけだ」

「何だか小説じみてきたなあ」

迫田は首を振りながら頭を掻いた。

「ヌーリアの鉱山が大事なのはわかったが、米軍に隠すほどのことかねえ。あの頃は向こうだって、戦後の計画より戦争に勝つことが最優先だろう」

「そりゃあそうだ。思うに、ロンドンの考えも、できれば米軍には知られない方が望ましい、という程度だったのかも知れん。そんな方針が下に降りていくにつれ、米軍を介入させてはならない、と微妙に変わっていったんじゃなかろうか。上の意向を忖度し過ぎて、本来やるべきこととはズレたことをする、なんてのは、我が軍でもよくあった話じゃないか」

「戦後の役所でもある話だな」

迫田が苦笑を返す。

「確かに考えられなくはない。しかし、そんなに大事な鉱山なら、篠田部隊がその重要性に気付く可能性も連中は考えたろう。だったら安全策として、口封じに撤収中の我が駆逐隊を全滅させるため、もっと躍起になったんじゃないか」

「もっともだ。これも思うんだが、オーストラリアは篠田部隊がジルコニウムに気付いていない、と知ってたんじゃないかねえ。だから敢えて深追いはしなかった」

「はあ？　どうやって」

「それほど大事な鉱山を、全く無防備で放り出して行くかね。せめて状況を監視する情報員くらいは置いて行くんじゃないか」

「情報員ってお前……」

言いかけて迫田は、はっと気付いたようだ。

「管理人か……」

池崎が、それだよ、と頷いた。

「鉱山を放棄するなら、管理人なんて残す必要はない。あいつはわざと捕虜になり、ただの失敗した宝石鉱山に見せかけた書類を見城に渡し、自分を無害な人間と思わせておいて、島民を使って本土に情報を送っていたんだろう」

「そうか。訓練された情報員なら、笹尾上等兵なんかが始末しに来ても、あっさり逃げおおせただろうな」

「そうだよ。そこで、さっき言った笹尾についてのもう一つの解釈だ」

迫田と野々宮は、少し前の池崎の言葉を思い出して、ああ、と声を漏らした。

「管理人に化けた情報員は、自分を始末しに来た笹尾に、お前たちのことはばれている、余計なことはするな、鉱山のことは忘れろ、とか何とか、逆に脅しをかけたんじゃないかな。それで笹尾は怯(おび)えてしまった。役立たずの管理人と思っていた相手が豹変(ひょうへん)したんだからな」

「しかし、脅されても笹尾上等兵は英語なんかわからんでしょう」

野々宮が横から言った。池崎はかぶりを振った。

「日本軍占領下で活動する情報員だぜ、日本語が話せないわけがないだろう」

　これには野々宮も納得せざるを得なかったらしく、「なるほど」と呟いて黙った。

「ふーん、ますますもって空想科学小説みたいだな。いくら何でも、深読みし過ぎじゃないのか」

　迫田が唸った。

「証拠は一切ないんだよな。オーストラリアがこんな話を認めるとも思えんし」

「ああ、確かに。小説じみているのは俺も認める。英国と米国に表には出ない溝があったなんて言っても、信じる奴はそういないだろう。まさに勝手な憶測だ。だが、ヌーリア撤収作戦で起きた一連の出来事を合理的に説明できる解釈は、他にあるまい」

「うーむ」

　迫田は難しい顔になり、腕組みをしてしばし考え込んだ。一分余りもそうしていたろうか、やがて顔を上げたとき、彼の顔は晴れやかなものに変わっていた。

「そうだな。お前の言う通りだ、たぶん」

　それから野々宮の方を振り向き、「先任伍長はどうだ」と問いかけた。野々宮はニヤリと笑って、迫田と池崎を交互に見やった。

「迫田二佐が納得されたんでしたら、私に異論はありません。そもそも、私はヌーリア作戦に関しては部外者なんですから。それにしても主計長」

　野々宮は池崎に、賛嘆の眼差しを向けた。

「驚きました。やはり立派な探偵ぶりですね。瑞鶴でご一緒した時より、さらに磨きがかかっています」

「やれやれ、またそれか。俺はただの主計士官で会計士であって、探偵でも刑事でもない。何度も言わせんでくれ」

「いやいや、いっそ商売変えしたらどうだ。待てよ、兼業でもいいか。会計士兼探偵なんて、結構需要がありそうだぞ」

迫田は冗談とも本気ともつかぬ風に言い、よしてくれと手を振る池崎を軽くあしらって、改めてジルコンの結晶石を見つめた。

「向田兵曹の遺したこの石だけで、あんな大層な推理を導き出すとはな。恐れ入ったよ」

「向田か……」

池崎は急に真顔に戻り、目を伏せた。

「そうだ。向田のおかげで結論に達することができた。でも、俺はこの艦で、向田を救うことができなかった」

「え？　いや、向田兵曹はこの蓬が撃沈されたときに戦死したんだろう？　救えるとか救えないとかいう問題ではあるまい」

「そうじゃないんだ」

池崎は迫田を遮り、蓬が沈んだときから胸に溜まっていたこと、今まさに言うべきだと思っていたことを話し始めた。

「蓬が沈むとき、俺は上甲板に居た。御真影を奉じて退艦するところだった。そこで向田を見た。あいつは、大事なものを取りに行くと言って艦内に戻ろうとした」

池崎の目の前に、十年前のあの日、甲板で目にした光景が甦ってきた。迫田と野々宮は、ただ黙って聞いている。

「止めようと思えば止められた。駆け寄れば、充分間に合った。向田の腕を摑んで、引き戻すことは簡単にできたはずだ。あのまま艦内に戻れば、退艦が間に合わないとわかっていた。なのに、俺は動こうとしなかった。いや、一歩も動けず、声も出せなかった。ただ、向田が艦内に戻るのをぼうっと見ていただけだ」

「何か……わけでもあったのか」

迫田が心配げに聞いてきた。池崎は俯いたまま、頷いた。

「甲板は、血まみれだった。あちこちに、戦死者が転がっていた。それを目にした俺は、動けなくなっちまったんだ」

池崎は唇を嚙み、頭を振った。己の怯懦を振り払おうとするように。

「俺は、血を見るのが駄目なんだ。ずっと昔、子供の頃から」

それを聞いて、迫田は驚きを顔に表した。

「そんな話、今初めて聞いたぞ。そんな様子、見せたことないじゃないか」

「それはそうだ。血の海に出会うことなんか、あの日までなかったからな」

池崎は自嘲(じちょう)するように笑った。

「小学校の頃は、友達が怪我(けが)で血を流すのを見ただけで、貧血を起こした。中学からは、軟弱者扱いされるのが嫌で、必死で隠した。岩風で豪軍機に襲われたときは、機銃弾を食らった水兵を見て真っ青になったが、何とか堪えた」

「それは気付かなかったな」

「俺がなぜ海軍の短期現役士官を選んだと思う。徴兵で陸軍に行ったら、戦場で必ず血を見ることになって、醜態をさらすに違いないと思ったからだ。戦死するにしても、血を見て動けなくなったために敵弾に当たる、なんてのは願い下げだった。海軍の主計士官なら、滅多に血生臭い場面に出くわすことはあるまい、と踏んだのさ。我ながら情けない考えだよ」

池崎はまだ俯いたまま、大きく溜息(ためいき)を吐いた。

「終戦までひと月足らずの、最後の最後であの場面に遭遇するとはな。俺がこんな根性なしでなかったら、向田は死なずに済んだかも知れん。そう思うと、やり切れなくてな」

「そうだったか……」

迫田は池崎に歩み寄り、肩に手を置いた。

「お前は幸運だったんだ。蓬が沈むときまで血を見ないで済んだ、ってことじゃない。自分次第で誰かを助けられたんじゃないか、という後悔が、一度で済んでるってことが、だ」

池崎は顔を上げた。思いがけない言葉だった。

「俺は岩風が雷撃を受けて沈んだとき、海に放り出された。その直前、俺は取舵一杯を命じるのが僅かに遅れた。見張り員の報告が錯綜して、一瞬迷ったからだ。だが、その僅かな遅れが致命的だった。直感では取舵一杯と思ったのに、報告を確認しようとしたのが拙かった。結果、魚雷は避けられず、岩風は沈んだ。そのとき俺は思ったよ。俺のミスで大勢が死ぬことになったのに、何で俺は生きてるんだ、とね。誰一人俺のミスだとは思っていなかったが、俺自身はわかっていた。それで一年近く、眠れなかったよ。次に乗った駆逐艦でも、爆弾を食らった。艦は沈まなかったが、戦死者は何十人も出た。そのときも、俺がもう一瞬早く転舵を命じていれば、という思いにつきまとわれた」

迫田はそこまでを一気に喋った。池崎は呆然として迫田を見返した。迫田からそんな話を聞かされるとは、考えもしなかった。

「そんな体験をした者なんて、掃いて捨てるほど居るだろう。お前の思いはわかる。だがな、あの戦争をくぐり抜けた者は、多かれ少なかれ、みんな似たような思いを抱えてるんだ。忘れろとは言わん。だが、気に病むのは止せ。誰もがそんな思いにとらわれてしょげていたら、この国は前へ進めん。やることは、一杯あるんだ。そうだろ？」

池崎は、そのまま迫田を見つめていた。彼に言われたことが、ゆっくり腹の底へと落ちていった。全部落ち切った、と思ったとき、池崎の心はさっきより何段か、軽くなっていた。

「そうだな」

池崎は小さくそう呟くと、迫田に頷いてみせた。迫田はずっと大きな頷きを返した。さっきから二人の様子を見ていた野々宮が、安堵(あんど)したようにふっと息を吐いた。

三人がハッチから出てくるのを見た桑原は、吸っていた煙草(たばこ)を足元の空き缶に放り込むと、笑みを浮かべて歩み寄って来た。

「どうも。ご用は済みましたか」

「ええ、おかげさまで。目的は達することができました。これで、私の戦争にようやくけじめがつきましたよ」

池崎のその言い方に、桑原はちょっと怪訝な顔を見せたが、すぐ「それは良かったです」と言い、三人を道板の方へ誘った。

「おや、それは何です」

池崎が持つジルコン結晶石の包みに気付いて、桑原が尋ねた。

「はあ、艦内で見つけました。私の知人の持ち物だったんですが」

桑原は、「そうですか」と言って、すぐ関心をなくしたようだ。先に立って道板を渡った。後ろから小声で迫田が聞いた。

「それ、どうする。向田の遺族に届けるか」

「いや。向田がこれを手に入れた経緯を考えると、いかがなものかな」

池崎はちょっと首を捻ってから、野々宮に包みを差し出した。

「蓬は今や自衛隊のものだ。ということは、艦内にあったこれも、自衛隊のものってことだろう。君のところで処置してくれないか」

「え、うちでですか」

野々宮は困った顔をしたが、迫田に促され、「まあいいです」と仕方なさそうに受け取った。

「しかし、沈没しかけた艦内に取りに戻るなんて、向田兵曹はそれほどこいつが大事だったんでしょうかね」

野々宮は包みを持ち上げ、どうも理解しづらい、という風に振ってみせた。

「正直、それは何とも言えん」

池崎は、もう一度ジルコンの包みに目を向けて言った。

「向田の家は小さな農家で、裕福とは言い難い。長男が農業を継いだら、向田と弟は食い扶持（ぶち）を探さなきゃならなかった。だから一生勤めようと頑張って海軍に入ったんだ。頭は良かったんだよ」

弟も、確かマリアナ方面で戦死していたはずだ。裕福な家に生まれていたら、向田兄弟の人生は大きく開けたものになっていただろうに、と池崎は改めて思った。

「思うんだが、戦争に負けて復員しても、家に居場所はなかったんじゃないだろうか。そんな向田にとって、このジルコンは将来への希望みたいなものになってたのかも知れないな」

「何だか切ない話ですねえ」

野々宮は何となく共感できたのだろうか、溜息をついてから慨嘆した。

「こんなものが、人の運命を狂わせるとはねえ」

「戦争は、いろんな運命を狂わせるのさ」

迫田は一言、呟きを漏らした。全てはそれに尽きるんだ、とでも言うかのように。

宿に預けてある荷物を受け取ってから駅へ向かう、と話すと、迫田がジープで送ると言ってくれたので、池崎は有難く申し出を受けることにした。迫田と野々宮は、事務所に挨拶して来る間、門のところで待っててくれと池崎に言い、桑原の案内で門衛詰所の後方にある建物に入って行った。

池崎はジープの脇に立って、周りを見回した。海軍工廠だった頃はここへ来たことはなかったが、背後の休山から灰ヶ峰に連なる稜線は、碇泊中の艦から見た記憶にあるままだ。

一方、前方にあるドックの向こうの海には、連合艦隊の威容はもちろん影も形もなく、一万トンはあろうかと思われる貨物船が一隻、錨を下ろしているのが見えるだけだった。これが平和の風景なんだな、と池崎は改めて思った。

ふと気付くと、門の傍に日傘を差した女性が一人、佇んでいた。池崎の立っているところから十メートルくらいか。日傘の下に見える横顔は、なかなかの美形である。白いブラウスにスカート姿で、年の頃は三十過ぎというところか。いや、もう少し上かも知れない。

女性は、池崎の視線に気付いたのかこちらを向き、頭を下げた。池崎も一礼を返した。正面から見ても、やはり美人だ。ただ、だいぶ化粧慣れしているように見える。この辺りの主婦ではなさそうだ。水商売の女性だろうか、と池崎は思った。いずれにしても、造船所の門前では、いかにも場違いな感じだった。

(何をしているんだろう)

その女性は、ただ門柱の脇に立って、ぼんやりと造船所の中を眺めていた。誰かを待っているのだろうか。いや、造船所の職員に用がありそうには見えない。夫が忘れた弁当を届けに来た、などと想像するには、あまりに垢抜けていた。

迫田たちはまだ戻らない。気になった池崎は、思い切って声をかけることにした。

「あの、失礼ですが」

池崎の声に、少し驚いた様子の女性が振り向いた。何か咎められるかと思ったようだ。

「あ、いえ、造船所にご用なら、そこの門衛詰所に申し出られたらいいと思いますが」

「あ……済みません。造船所の方でしょうか」

そう言った女性の声は、容姿に見合った綺麗なものだった。ただ、どこか疲れたような響きがあるのが、少しばかり気になった。

「いえ、所用があってここを訪れた者です。もう帰るところですが」

「そうですか」

職員でなく来客と知って、女性は少し安心したようだ。

「いえ、用事ということではありませんが……ただ、ちょっと来てみたかったもので」

「は？」

池崎がその答えにきょとん、とすると、女性の方もさすがに変に思われると気付いたのだろう。ためらってから、事情を話した。

「実は、一週間ほど前に、新聞でここに去年引き上げられた軍艦がある、と読みまして。それで来てみたんです。蓬、という船です」

池崎は驚きが顔に出ないよう気を付けた。それは、池崎が今日ここに来るきっかけになったあの記事と同じものに違いなかった。

「その艦にご縁がおありなんですか」

「はい。よく知っている方が乗っていたんです」

「その方は……」

「ええ、船が沈没するとき、戦死されたそうです」

「そうですか」

お気の毒に、と言おうとしたが、あまりにも陳腐な言葉は却って失礼だと思い、やめておいた。

「もしや、お別れを告げに来られたんですか」

「はい。そのつもりでした」

「それなら、事務所に話しましょう。蓬はすぐその先のドックに居ます。ほら、マストの先が見えるでしょう。傍まで行って下さい」

よく知っている人、というのは、この女性の婚約者あるいは恋人だったのでは、と池崎は思った。蓬の記事を見てわざわざ来た、と言うなら、年恰好からしてそうに違いないだろう。それなら、蓬の傍まで行って、心ゆくまで別れを告げてもらうべきだ。だが、女性はかぶりを振った。

「いえ、ここで充分です。ただほんのちょっと、来てみたかっただけですから。そんなに大袈裟にしないで下さい」

「でも……」と言いかけて、池崎は口をつぐんだ。もしかすると、その相手とは道ならぬ仲だったのではないか、と思い当たったのだ。女性から水商売風の印象を受けたことも、それに通じる気がした。

「ご親切にありがとうございます。私は、これで失礼をいたします」

日傘を傾け、女性は池崎に丁寧に礼をすると、その場から歩み去ろうとした。

「あの、駅へ戻られるんですか。なら、私もそうなんで、お送りしますが」

池崎は慌ててそう言い、ジープを手で示した。女性はちらりとジープに目をやったが、もう一度礼をして、「お気持ちだけで。じきにバスが来ますので、どうかお気遣いなく」と言うと、そのまま歩を進めた。

「遠方からお越しなのですか」

引き止めようかと思った池崎が、尋ねた。女性は立ち止まり、それに答えた。

「名古屋からです。今日中に帰りますので」

「名古屋ですか。それは大変ですね」

「独り身で身軽ですから」

やはり主婦ではないのだな、と池崎は顔に出さずに思った。

「名古屋の空襲も酷かったと聞きましたが、お家はご無事で？」

「いえ……戦争中は、ずっと満洲に居ましたので。幸い、終戦の年には引き上げて来られましたが」

「満洲、ですか」

池崎の頭に、何かが刺さった。

「あの、満洲に行かれる前は、どちらに」

その質問に、女性は身を強張らせた。だが、それは気付くか気付かないかの一瞬だけだった。

「はい……呉に居ました。この町に」

池崎には、それで充分だった。女性はまた一礼し、失礼しますと言って池崎に背を向け、少し歩いた先にあるバス停へと向かった。

次の問いは、女性にとっては聞いてほしくないものだったろう。池崎もそれは承知している。だが、どうしても聞きたかった。それは、池崎の記憶のどこかに残されていた最後の心残りを、消し去ってくれるはずだった。池崎は意を決し、女性の背中に声をかけた。

「あの……大変失礼ですが、あなたは吉田屋のマチ子さんではありませんか」

女性が、ぎくりとしたように立ち止まり、ゆっくりとこちらを向いた。

「あなたが別れを告げに来たのは、向田祐三主計兵曹ではありませんか」

重ねた問いに、女性は答えを返さなかった。ただ微笑し、池崎に改めて一礼すると、再び背を向けて歩き出した。その姿がずっと先の建物の陰に消えるまで、女性は一度も振り返ることはなかった。女性が消えた道の先を、池崎はしばらくの間、ただ黙って見つめ続けていた。その前を駅に向かうバスが、埃(ほこり)を巻き上げながら通り過ぎた。

〈了〉

【参考文献】

帝国海軍下士官兵入門　雨倉孝之　二〇〇八年七月　光人社
海軍よもやま物語　小林孝裕　二〇一一年一月　光人社
海軍めしたき物語　高橋　孟　一九八二年十一月　新潮社
海軍かじとり物語　小板橋孝策　二〇一三年十一月　潮書房光人社
海軍主計大尉の太平洋戦争　高戸顕隆　二〇一五年五月　潮書房光人社
駆逐艦入門　木俣滋郎　二〇〇六年七月　潮書房光人社
輸送艦 給糧艦 測量艦 標的艦 他　大内建二　二〇一六年八月　潮書房光人社
撤退　有近六次他　二〇〇一年三月　光人社
英独軍用機　飯山幸伸　二〇〇三年五月　光人社
写真集日本の駆逐艦　「丸」編集部　一九七三年七月　潮書房
写真集日本の駆逐艦（続）　「丸」編集部　一九七四年一月　潮書房
写真集日本の空母　「丸」編集部　一九七二年三月　潮書房
写真集日本の戦艦（続）　「丸」編集部　一九七三年一月　潮書房
写真集日本の重巡（続）　「丸」編集部　一九七五年一月　潮書房
世界の艦船　二〇〇二年五月号増刊　海上自衛隊の五〇年　海人社
協力　大森洋平・神立尚紀

軍艦探偵

(ぐんかんたんてい)

著者 山本巧次(やまもとこうじ)

2018年4月18日第一刷発行

発行者 角川春樹

発行所 株式会社角川春樹事務所
〒102-0074 東京都千代田区九段南2-1-30 イタリア文化会館

電話 03(3263)5247(編集)
03(3263)5881(営業)

印刷・製本 中央精版印刷株式会社

フォーマット・デザイン 芦澤泰偉
表紙イラストレーション 門坂 流

ISBN978-4-7584-4160-5 C0193 ©2018 Koji Yamamoto Printed in Japan
http://www.kadokawaharuki.co.jp/[営業]
fanmail@kadokawaharuki.co.jp[編集] ご意見・ご感想をお寄せください。

二重標的（ダブルターゲット） 東京ベイエリア分署

今野 敏

若者ばかりが集まるライブハウスで、30代のホステスが殺された。
東京湾臨海署の安積警部補は、事件を追ううちに同時刻に発生した
別の事件との接点を発見する——。ベイエリア分署シリーズ。

硝子（ガラス）の殺人者 東京ベイエリア分署

今野 敏

東京湾岸で発見されたTV脚本家の絞殺死体。
だが、逮捕された暴力団員は黙秘を続けていた——。
安積警部補が、華やかなTV業界に渦巻く麻薬犯罪に挑む！（解説・関口苑生）

虚構の殺人者 東京ベイエリア分署

今野 敏

テレビ局プロデューサーの落下死体が発見された。
安積警部補たちは容疑者をあぶり出すが、
その人物には鉄壁のアリバイがあった……。（解説・関口苑生）

神南署安積班

今野 敏

神南署で信じられない噂が流れた。速水警部補が、
援助交際をしているというのだ。警察官としての生き様を描く8篇を収録。
大好評安積警部補シリーズ。

警視庁神南署

今野 敏

渋谷で銀行員が少年たちに金を奪われる事件が起きた。
そして今度は複数の少年が何者かに襲われた。
巧妙に仕組まれた罠に、神南署の刑事たちが立ち向かう！（解説・関口苑生）

佐々木譲の本

笑う警官

札幌市内のアパートで女性の変死体が発見された。遺体は道警本部の水村巡査と判明。容疑者となった交際相手は、同じ本部に所属する津久井巡査部長だった。所轄署の佐伯は津久井の潔白を証明するため、極秘裡に捜査を始める。

警察庁から来た男

道警本部に警察庁から特別監察が入った。監察官は警察庁のキャリアである藤川警視正。藤川は、道警の不正を告発した津久井に協力を要請する。一方、佐伯は部下の新宮とホテルの部屋荒しの事件捜査を進めるが、二つのチームは道警の闇に触れる——。

ハルキ文庫

佐々木譲の本

警官の紋章

洞爺湖サミットのための特別警備結団式を一週間後に控えた道警。その最中、勤務中の警官が拳銃を所持したまま失踪。津久井は追跡を命じられる。所轄署刑事課の佐伯、生活安全課の小島もそれぞれの任務につき、式典会場に向かうのだが……。

巡査の休日

神奈川で現金輸送車の強盗事件が発生し、一人の男の名が挙がる。その男は一年前、村瀬香里へのストーカー行為で逮捕されたが脱走し、まだ警察の手を逃れていた。よさこいソーラン祭りに賑わう札幌で、男から香里宛てに脅迫メールが届く。